JN235770

正造じいちゃんの戦争体験記と
94歳 57年間のまんが絵日記

一《いっ》生《しょう》一《いち》途《ず》に

竹浪正造

廣済堂出版

◉お断り

絵日記内の文章は、読みやすさを考慮して要約している場合があります。また、判読ができず、さらに記憶に残っていない箇所については割愛もさせていただいています。

日記によっては汚れの目立つ箇所や現在では不適切と思われる表現もありますが、それはその時代の雰囲気を伝えるため、そのまま残してあります。

ご了承ください。

はじめに

昨年の秋、93歳の私に生涯でイチバン光栄な出来事が起きました。56年間描き続けてきたまんが絵日記が「ナニコレ珍百景」（テレビ朝日）で紹介され、それがキッカケとなり1冊の本になったのです。出版後には、さらに驚くことが。全国の、それも見ず知らずの読者から、感想の手紙が続々と届いたのです。読者の世代もさまざまで、小学生の子が心を込めて書いてくれたものもありました。ありがたいことに、「もっと読みたい」という声もたくさんいただきました。

そんな声にお応えすべく、このたび第2弾発刊の運びとなりました。なにしろ毎日続けてきた絵日記ですから、前作『はげまして はげまされて』に掲載されているのは、ほんの一部でしかありません。ネタはまだまだ豊富にあります。といっても、仕事が忙しくて絵日記どころじゃなかった頃は時間や手間をかけられず、サラサラと描きなぐっていたこともありました。そのため、中には見づらいページもあるかもしれません。誤字脱字もあります。どうかその点はご容赦ください。

私の絵日記でみなさんが笑顔になってくれたら、こんなうれしいことはありません。今回も、お楽しみいただけますように。

平成24年6月30日

竹浪正造《たけなみまさぞう》

目次

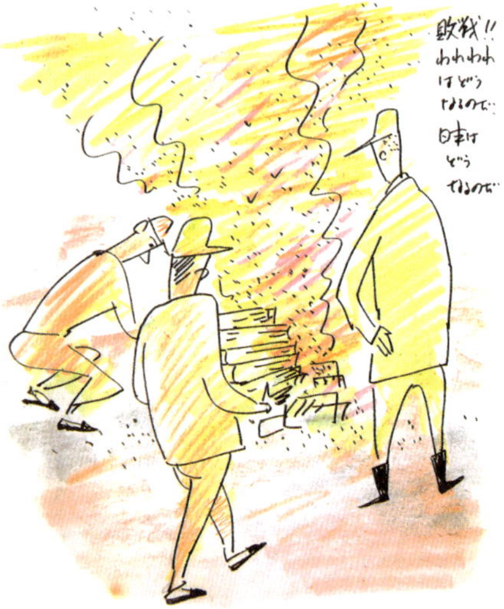
敗戦!!
われわれはどうなるのだ…
日本はどうなるのだ…

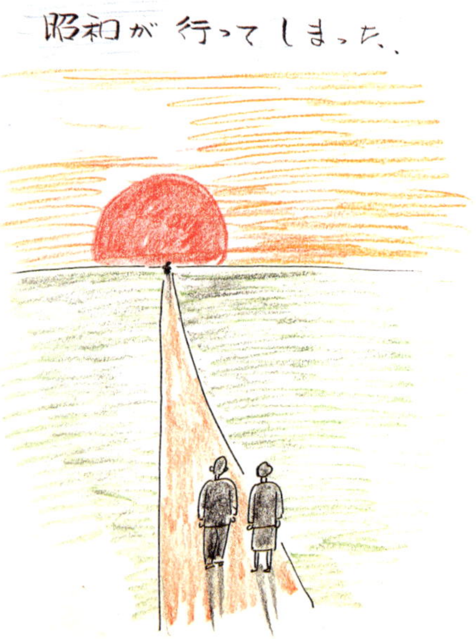
昭和が行ってしまった、、

紅白が終って
21世紀の幕が
あく
21世紀

なじめない 元号
お客さん
初めのうちは
坐りにくいで
しょう けれど
この座ぶとんに
とりかえて
いただき
ます…
政府
平成
国民
昭和

この本に登場する人々

かあさん（私の家内）
禮《れい》

竹浪正造《たけなみまさぞう》

長女
聖子《しょうこ》

次女
良子《よしこ》

父さんまでポマードつけてるの？

正浩の嫁
春枝《はるえ》

長男
正浩《まさひろ》

孫（良子の息子）
淳《じゅん》

引き揚げ時の恩人
藤村宏さん

甥（正顕の弟）
誠也《せいや》（セイヤ）

甥
正顕《まさあき》（まっちゃん）

正顕（甥）の息子
正裕《まさやす》（まーちゃん）

ボタン

かあさんの恋人?!
岡田さん

第1章

終戦。朝鮮半島からの逃避行

昭和20(1945)年
8月15日〜9月6日/27歳の頃

3月10日	東京大空襲	8月 9日	長崎に原子爆弾投下
3月17日	硫黄島の日本軍玉砕	8月14日	ポツダム宣言受諾
6月23日	沖縄の日本軍壊滅	8月15日	天皇の玉音放送、終戦
8月 6日	広島に原子爆弾投下	8月30日	マッカーサー元帥、日本到着
8月 8日	ソ連軍、対日参戦を通告	9月 2日	降伏文書調印

妻と2人、「引揚の記録」

まんがで絵日記を描きはじめたのは、昭和30年。当時3歳の長男・正浩のイタズラっぷりを中心に、1冊の本にまとめたのが、前作『はげまして はげまされて』なンだ。でも、じつはナ、それよりもっと昔、昭和20年8月の、そう、終戦の頃のできごとを描いた絵日記があるワケさ。それが、この「引揚の記録」★1だ。お腹の中に子を宿した妻とともに、朝鮮半島から逃げ帰った軌跡、いやむしろ「奇跡」の記録と言えるンでねぇガ。

といっても、実際に描いたのは昭和37年だよォ。いくらなんでも17年も前の話、「記憶」だけ頼りにしたたって書けるもんでねぇ。

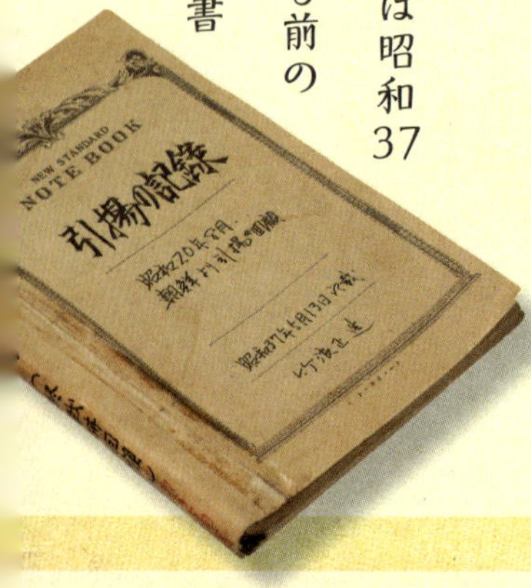

昭和12〜20年

19歳 青森県の鶴田から満州国★2に渡り、満鉄★3に入社。大石橋《だいせっきょう》の電気区に勤務。

21歳 召集がかかり、自動車隊に入る。輸送関係の業務に従事。

22歳 東寧《とうねい》の自動車隊に勤務。この頃から鶴田にいる禮《れい》さん（のちに結婚）と、2年に及ぶ文通を始める。

24〜26歳 大石橋に復職後、蘇家屯《そかとん》の電気区に転職。一時帰国して鶴田で禮さんと結婚し、満州に同伴する。

26歳 2回目の召集がかかり、中隊長として、朝鮮★4で鉄道の建設工事に従事する。

なんで書けたかっていうと、満州にいた頃、ある上官から言われたンだ。「いつもノートを持って歩け。記憶より記録だ」ってナ。それからはどんなに忙しくても、その日あったできごとをノートに〆モするようになったのサ。そのメモを読み返しながら、大学ノート2冊半にまとめた。たしか完成までに数ヶ月かかったんでねがったかな？

やーア、まさかこの「引揚の記録」が、こうして本になるなんての。元々は子どもたち、特に当時お腹の中にいた長女・聖子《しょうこ》に読んでもらうため、まとめたもンだのにナ。どうか拙文、誤字はお許しくださいヨ。

用語解説

★1　引揚（引き揚げ）：第二次世界大戦敗北後、入植地での生活を引き払って日本に帰ってくること。

★2　満州国：昭和7（1932）年から昭和20（1945）年の間、現在の中国東北部に存在した国家。独立国の形はとっていたが、実際は日本の植民地だった。昭和20（1945）年8月、日本の敗北とともに消滅。

★3　満鉄（南満州鉄道）：日露戦争後、ロシアから鉄道利権を得て設立された半官半民の国策会社。満州国成立と共に鉄道全線の運営・新設を委任される。巨大企業となり植民地経営の根幹をなした。

★4　朝鮮：現在の北朝鮮と韓国。38度線によって南北に分断される前は、朝鮮半島をすべて「朝鮮」と呼んでいた。

★5　内地〈ないち〉：第二次世界大戦前、台湾・朝鮮・満州・樺太・南洋群島といった植民地を「外地」〈がいち〉と呼んだのに対し、日本本土〈ほんど〉の土地を指す。

★6　38度線：第二次世界大戦後、朝鮮半島を横切る北緯38度線に引かれたアメリカ軍とソ連軍の分割占領ライン。朝鮮戦争の休戦ラインを38度線と呼ぶこともあるが、位置が少し異なる。

★7　解散証明書：部下が部隊を脱走したのではなく、部隊長の判断により解散したことを証明する書類。

27歳

8月終戦

詳細は「引揚の記録」に記載。
※本書11～46ページをご覧ください。

◀昭和20年（広域図）

▼同年（朝鮮半島）

ソビエト連邦
満洲里
モンゴル人民共和国
チチハル
ハルビン
満洲国
新京（現在の長春）
牡丹江
蒙古連合自治政府（内蒙古）
東寧
奉天（現在の瀋陽）
ハバロフスク
樺太（現在のサハリン）
ウラジオストク
海城
蘇家屯
大石橋
北京
大連
平壌（ピョンヤン）
朝鮮
京城（現在のソウル）
日本
鶴田
46ページ
中華民国
釜山（プサン）
仙崎
39ページ
東京
45ページ
南京
43ページ
下関
40～42ページ
44ページ
上海
150°
50°
45°
40°
35°
120°
125°
130°
135°
140°
145°
満　州　国
咸鏡北道
咸鏡南道
平安北道
平安南道
平壌（ピョンヤン）
黄海道
24ページ
18～23ページ
沙里院
新幕
25ページ
17ページ
金郊
京畿道
北緯38度線
26,27ページ
開城
京城（現在のソウル）
13～16ページ
仁川
龍山
28～32ページ
江原道
33～35ページ
忠清北道
11,12ページ
慶北安東
忠清南道
慶尚北道
全羅北道
慶尚南道
36,37ページ
釜山（プサン）
仙崎港
38ページ
全羅南道
日　本

地図作成：編集部

終戦の日、私は……

1945年8月15日のできごと

昭和20年8月15日

8月15日、
重大発表があったと 輸送途中、某駅の歩哨
から聴かされた。日本が負けたと…… まさか
われわれは信じない。又信じられないことである。
大隊副官が 警察に電話したところ
ソ聯に宣戦布告と きかされて
ざまァみろ と 将兵の意気けんこう。
重大放送がありました

日本は無敵だと思いこんでいたから、「敗戦」なんて誰も信じなかったンだ。

重大発表があったと、（慶北安東《けいほくあんとん》の鉄道工事の現場から仁川《じんせん》への）輸送途中、某駅の歩哨《ほしょう》（警戒役の兵）から聴かされた。日本が負けたと……。信じられないことである。大隊副官が警察に電話したところ、「（日本が）ソ連に宣戦布告（をした）」ときかされて、ざまァみろと将兵（将校と兵士）の意気けんこう。

泣くに泣けない無条件降伏

妻とともに仁川に到着

昭和20年8月15日

慶北安東での鉄道工事を中断し、家内の住む仁川に向かったのサ。

しかしその夕方○○○駅に着いて、先行の部隊長から日本の無条件降伏をきかされた時は、泣くにも泣けない気持であった。部下はまだ何も知らずにいた。夜、仁川につき、宿舎に引きあげた。（われわれ夫婦は大川という家の一室をかりていた）

暴動だらけの眠れぬ夜

日本降伏で朝鮮も大混乱

昭和20年8月16日

果せるかな その夜 処々で 暴動が 起つた。
部隊も 出動して 非常警戒にあたる。
自分の 宿舎にも 三名の 部下が 来て 警戒して
くれた。 あけ方、部隊より 連絡があり
部隊は 再び 移動することになった。
この夜は 殆んど ねむることが 出来なかった

お腹の大きな家内も不安そうで、かわいそうだったよオ。

その夜、所々で暴動が起った。部隊も出動して、非常警戒にあたる。自分の宿舎にも三名の部下が来て警戒してくれた。あけ方、部隊より連絡があり、部隊は再び移動することになった。この夜はほとんどねむることが出来なかった。

「万歳《マンセー》」の大合唱に肩身のせまい思い

日本人の地位失墜で立場逆転

昭和20年8月17日

町には 朝鮮の国旗（日章旗を改造したもの）がは
ためき、朝鮮人が よっぱらって 怒声をあげ、学
生らは 独立を叫んで 気勢をあげる。どこもかしこ
も「朝鮮独立万才」の 声が どよめいている。
日本人は 全く声を ひそめた。この日以来、日本人の指導的
地位は、完全に失墜したのである。
朝鮮独立
わわわわ
ぱんざい
トクリッ
パンサイ
日本人をやっつける
（町は 興奮のるつぼと化した）
8.17

町には朝鮮の国旗（日章旗を改造したもの）がはためき、朝鮮人がよっぱらって怒声をあげ、学生らは独立を叫んで気勢をあげる。どこもかしこも「朝鮮独立万歳」の声がどよめいている。日本人は全く声をひそめた。この日以来、日本人の指導的地位は、完全に失墜したのである。町は興奮のるつぼと化した。

司令部からの命令

ずっとそばにいてやりたいのに

昭和20年8月18日

満州まで連れてきた家内と、まさかここで離ればなれになるなんて！

3時頃、部隊長が司令部から帰って来て、家族は内地［9ページ★5］に引き揚げだと言う。荷物は2ツ。私としては妊娠8ヶ月の身重の妻を一人内地に帰すにしのびないし、妻も帰りたくないと嘆願したが、部隊長は一向聴きいれず、どうしたらよいかと思案にくれる。

妻との別れ

もう2度と会えないかもしれぬ

昭和20年8月18日

その後 中隊で 司令部に 電話で
照会したところ 家族引揚げ船の都合で
延期になったと聴えて ほっと したが、しかし
部隊は 再び 移動を 命ぜられ
私の中隊は 平壌地区に 転進することに
なった。妻を同行するわけには ゆかぬの
で 岩村小隊長に お頼みして
トラックで 京城まで
送って貰った
が、
身体に気をつけて 帰るによかったら 皆と一緒に内地に 帰ってくれ
妻の これからについては
天にまかすか、彼女自身
運命を開拓して行かねばならないのである。
全く これから先どうするのか 心配な別れであった
8.18

もしかしたら、家内の顔を見るのはこれで最後かもしれない。そこまで覚悟してたサ。

家族引き揚げは船の都合で延期になったが、私の中隊は平壌《へいじょう》地区（ピョンヤン）に転進することになった。妻を同行するわけにはゆかぬので、小隊長に京城《けいじょう》（今のソウル）まで送ってもらった。妻のこれからは天にまかすか、彼女自身運命を開拓して行かねばならないのである。全くこれから先どうなるのか心配な別れであった。

心配でも任務を遂行するほかない

心通うA氏との出会いもあった

昭和20年8月18日

新幕《しんまく》の電気区の建物を借りて、ここを中隊本部とした。そのとき、保安助役のA氏（名前を忘れた）と知り合う。私も満鉄電気区の出身なので、心に共通するものを感じた。

われわれの任務は、鉄道各駅に分駐して朝鮮人職員を監視しつつ、大陸より引き揚げて来る邦人や食糧貨物車の安全運送を図ることである。（数日後、38度線［9ページ★6］で分断されるとは夢想もしなかった）

※この路線図は記憶をたよりに描いたもので、実際とは一部異なります。

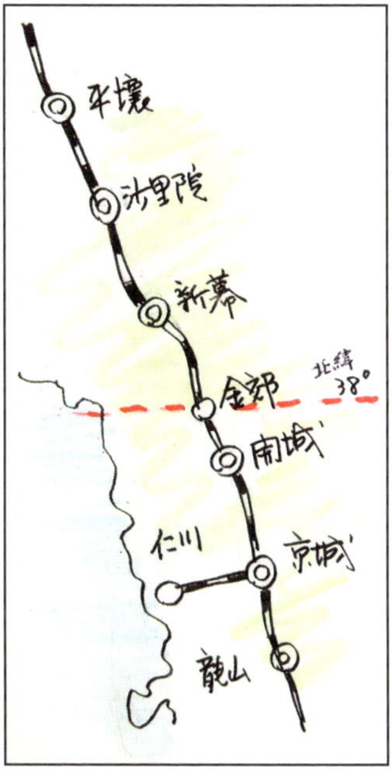
平壌
沙里院
新幕
金郊
北緯38°
開城
仁川
京城
龍山

このとき出会ったA氏が、のちに私たちを助けてくれたンだ。

わたくしは蘇家屯の電気区につとめていて、この四月召集になったのでした

思いがけない再会

あてもなく探しに来た末に……

昭和20年8月20日

第12中隊が司令部の警備を解かれ、「新幕」にやって来た。したがって、担当区域が変更になって、私たちは「沙里院」に北上した。
中隊は沙里院の工務区の二階と社員クラブを借用、設営にとりかかった。
その夕方、突然妻が訪ねて来たのである。京城に居たがいつまで待っても内地に帰れそうもなく、一人で心細いので運を天にまかしてやって来たという。全く運がよく、満洲の南拓まで帰るという日系解除の朝鮮兵がこの汽車で来るとの情報が入ったので
線路上に一人立っていたら、妻が私をみつけて、下車したんだという。
あっ そのひとが居る!!

この運命的な再会の瞬間は、94歳になった今でも、よぉーく覚えてるよォ。

担当区域が変更になり、私たちは「沙里院《しゃりいん》」に北上した。その夕方、突然妻が訪ねて来たのである。京城ではいつまで待っても内地に帰れそうもなく、一人で心細いので運を天にまかせてやって来たという。全く運がよく、妻は線路上に一人立っている私をみつけて下車したんだという。

神のひき合わせ

もしもあのとき……と考えて身震いする

昭和20年8月20日

汽車の中は、朝鮮人ばかり、しかも大混雑で
心細かったらしいが それでも 日本にも居た
という 朝鮮人の憲兵さんが 大変親切にし
てくれたということである。
妻は、私をさがしては来たが、何処に居
るのかも 見当もなく、探し出せぬ時は満
洲まで 引揚げようか とも 思っていたという。
満洲には 知人が 居るし、家もある。
駅舎で 私の姿を見たのは、神の ひき合せと
云うものか！ もし 私が 反対側に
居たら、或は 妻が
反対側に 坐って
いたら…
考えて
みて
肌寒い思いがする。
おくさんよかったですね
あっ礼子

汽車の中は朝鮮人ばかり、しかも大混雑で心細かったらしいが、朝鮮人の憲兵さんが大変親切にしてくれたという。妻は私を探し出せなければ、満州まで引き揚げようと思っていたという。私の姿を見たのは神のひき合わせか。もし私が反対側に居たら、あるいは妻が反対側に坐っていたら……。考えてみて肌寒い思いがする。

列車の屋根にあふれる人々

うかうか便所にも立てぬ

昭和20年8月26日

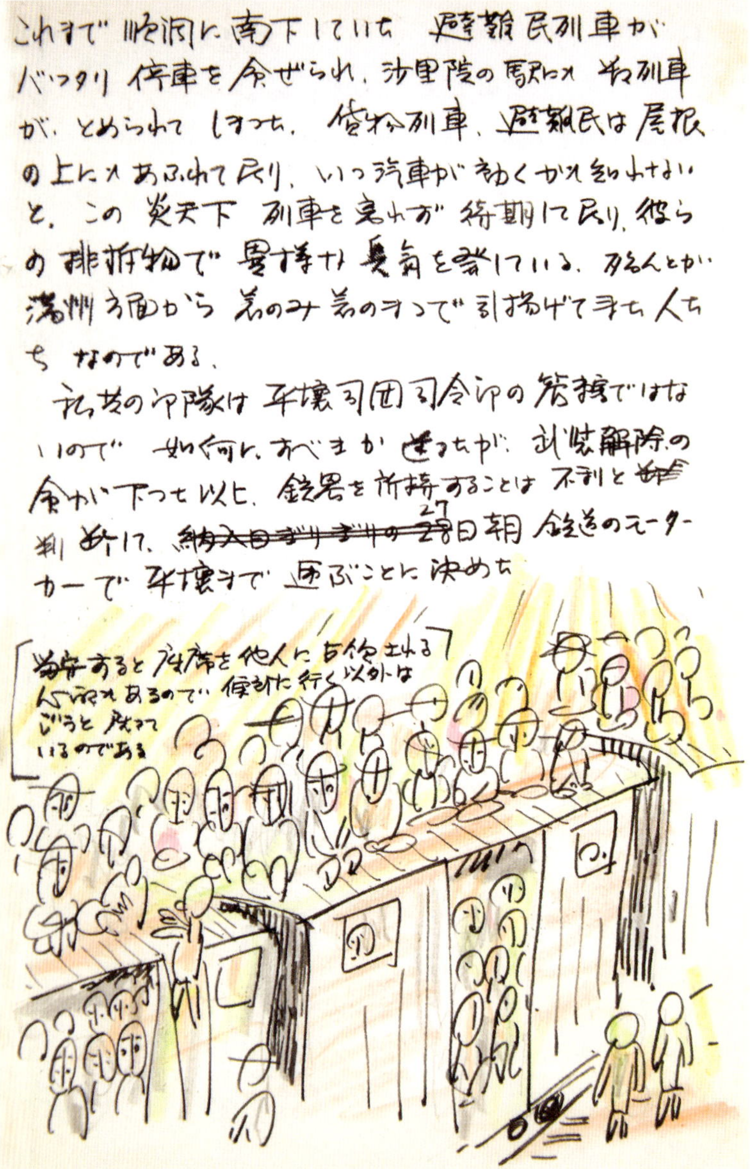

これまで順調に南下していた避難民列車が
バッタリ停車を命ぜられ、沙里院の駅にも数列車
が、とめられてしまった。貨物列車、避難民は屋根
の上にもあふれて居り、いつ汽車が動くかも知れない
と、この炎天下列車を離れず待期して居り、彼ら
の排泄物で異様な臭気を発している。殆んどが
満州方面から着のみ着のままで引揚げて来た人た
ちなのである。
私共の部隊は平壌師団司令部の管轄ではな
いので如何にすべきか迷ったが、武装解除の
命が下った以上、銃器を所持することは不利と判
断して、27日朝鉄道のモーター
カーで平壌まで運ぶことに決めた
「下車すると座席を他人に占領される心配もあるので、便所に行く以外はじっと座っているのである」

これまで順調に南下していた数本の避難民列車が停車を命ぜられ、沙里院の駅にも列車がとめられてしまった。避難民は屋根の上にあふれ、いつ汽車が動くかも知れないと、炎天下、列車を離れず待機しており、彼らの排泄物《はいせつぶつ》で異様な臭気を発している。ほとんどが満州方面から着のみ着のままで引き揚げてきた人たちなのである。

服を燃やす

撤退となれば、しかたがない

昭和20年8月27日

撤収することにきめて、被服などは、宿舎の庭に山盛にして燃した。附近の朝鮮人がもったいないとはらはらしながら見ていたが。
もやせ もやせ どんどん もやせ
朝鮮人に一枚だってやるもんか

このときは、やけっぱちだったべなア。

（ソ連軍の手が当地にのびないうちに）撤退することにきめ、被服などは宿舎の庭で燃した。付近の朝鮮人が「もったいない」とはらはらしながら見ていた。（この前日、武装解除の命が下ったため、銃器をガソリンカーに積み、吉田見習士官が平壌まで運んだ。彼はソ連軍に捕らえられたのか、帰って来なかった。）

部下には見捨てられても……

私たち夫婦を心配してくれる人もいた

昭和20年8月28日

このように きまると 下士官や兵隊たちは、いつまでも 隊長でもあるまいというような態度で、自分たちのものを かつぐと、われ先にと 次の駅まで 歩き始める。
私にかかずらっていると いらない隊長や奥さんの荷物も もたせられるのではないか と思ったのかも知れない。
にわかづくりの中隊、不徳の隊長だけに とり残されたとしても 仕方のないことである。
ところが 数日前 私の中隊に配属になった 藤村少尉以下12名の歩兵たちは、
私たちのことを よく心配してくれて
だからなァ
独りになるのは自分だぜ
いつまでも隊長づら されてたまるか
何かと、世話をしてくれる。
前から起居を共にした部下には見捨てられたが、後からの藤村少尉たちが
よくしてくれたことは 皮肉であった。（この兵隊たちは 38度線を越えるまで 私たちを守ってくれたし、藤村氏は今でも交友している）

（避難列車はソ連軍の命令で北上し、南下する列車は１本もなくなった。しかし、南の次の駅から列車が出ていることを確認)。下士官たちは（私と妻を置いて）われ先にと次の駅まで歩き始める。部下には見捨てられたが、数日前私の中隊に配属になった藤村少尉以下12名の歩兵たちは心配してくれて、何かと世話をしてくれた。

思い出は胸の奥に

泣く泣く、大切な世帯道具を手放す

昭和20年8月28日

世帯道具一切を持って来ていた私は、歩いて
南下することになった以上、身の回り品だけ残して
後は片っぱしから附近の日本人や朝鮮人に手放した。
昨年9月妻を迎え満州の部隊に新世帯を
持ち、今年4月長男、妻一人を満州に残して来
たのを7月満州の家をたたんで朝鮮に呼
んだのである。その後、この世帯道具は部隊の移
動とともに転々し、今ここで手放すことになって
しまったが惜しいものばかりであり、又、思い出の
品々ばかりであった。
しかしこうなった以上、
今更どうに
もならない
のである。
昼近く鉄道員
（家主であったか附近
の官舎の人であったか
忘れた）が私
たちのところに来て

世帯道具一切を持って来ていた私は、身の回り品だけ残して付近の日本人や朝鮮人に手放した。昨年９月に妻を満州に迎え、世帯道具も部隊の移動とともに転々としたが、今ここで手放すことになってしまった。惜しいものばかり、又、思い出の品々ばかりだが今更どうにもならない。昼近く、鉄道員が私たちのところに来て……。

捨てる神あれば、拾う神あり

A氏との出会いに感謝

昭和20年8月28日

おっ A助役さん
あっ 隊長さんじゃありませんか
A氏のとりなしで文句なく乗せて貰うことにきまった。
以前出会ったA氏とここで再会できたから、南下することができたのサ。

「モーターカーが来ています。あんたと奥さんだけでも乗せてもらったらどうでしょうか」。案内されて宿舎を訪ねると、新幕で顔見知りのA助役［17ページ参照］も居るではないか。A氏のとりなしで文句なく乗せてもらうことにきまった。

モーターカーには藤村少尉はじめ将兵達も乗せてもらい、途中歩いてる兵隊たちをみれば乗せてやる。狭い台上も鈴なり。数えたら四十数人も乗っていた。午後３時頃、新幕につく。鉄道員の方々には厚く礼を言って下車す。

刻一刻と迫りくる恐怖

不安と安堵を繰り返す1日だった

昭和20年8月28日

新幕から列車に乗車。ソ連兵が警備にあたる金郊《きんこう》駅に近づくにつれ寿命が縮まる。朝鮮人の隊長が「軍刀は置いてゆけ」と叫ぶ。結局、金郊にソ連兵はいなかった。

時計 カメラ 軍刀 拳銃は置いてゆかなければなりません

開城《かいじょう》駅に着く。汽車はここ止まり。ここに駐屯していた小隊がトラックで武器を運んだところ、ソ連軍と朝鮮保安隊にはばまれ、武器は没収されたという。

ぐずぐずしてはいられない。即刻退去を決心。道路がはばまれた以上、逃げる道は線路のみ。運を天に任せ進むしかないと、私はトランクを背負う。

闇夜にソ連兵の目が光る

電球の明るい光すら不気味だった

昭和20年8月28日

駅には ソ聯兵が２名、 貨物ホームの
ところに 百W《ワット》の 電球を点して 立哨して
いたが 運よく 呼びとめられなかった。

ソ連兵の目が、そりゃ恐ろしかったァ。寿命が10年縮まったンでねぇが？

駅にはソ連兵が２名、貨物ホームのところに百W《ワット》の電球を点して立哨《りっしょう》していたが、運よく呼びとめられなかった。

夜中の線路を無言で歩く

星もまたたかない夜だった

昭和20年8月29日

藤村少尉が刀を持って先頭に立つ。星かげはなく、小雨がぱらつく。遠くに犬の鳴き声など聴こえる。また、人の声もして不気味である。荷物が肩にくい込むので、大切な白米を線路に捨てた。

妻も妊娠８ヶ月目の大きな腹をかかえて、よく歩いてくれた。途中、弁当箱につめた白砂糖を兵隊たちに配って小休止する。朝２時頃、無事駅に到着。夜明けを待つ。

無慈悲な部隊長

「貴様らは北に戻れ」と大目玉をくらう

昭和20年8月30日

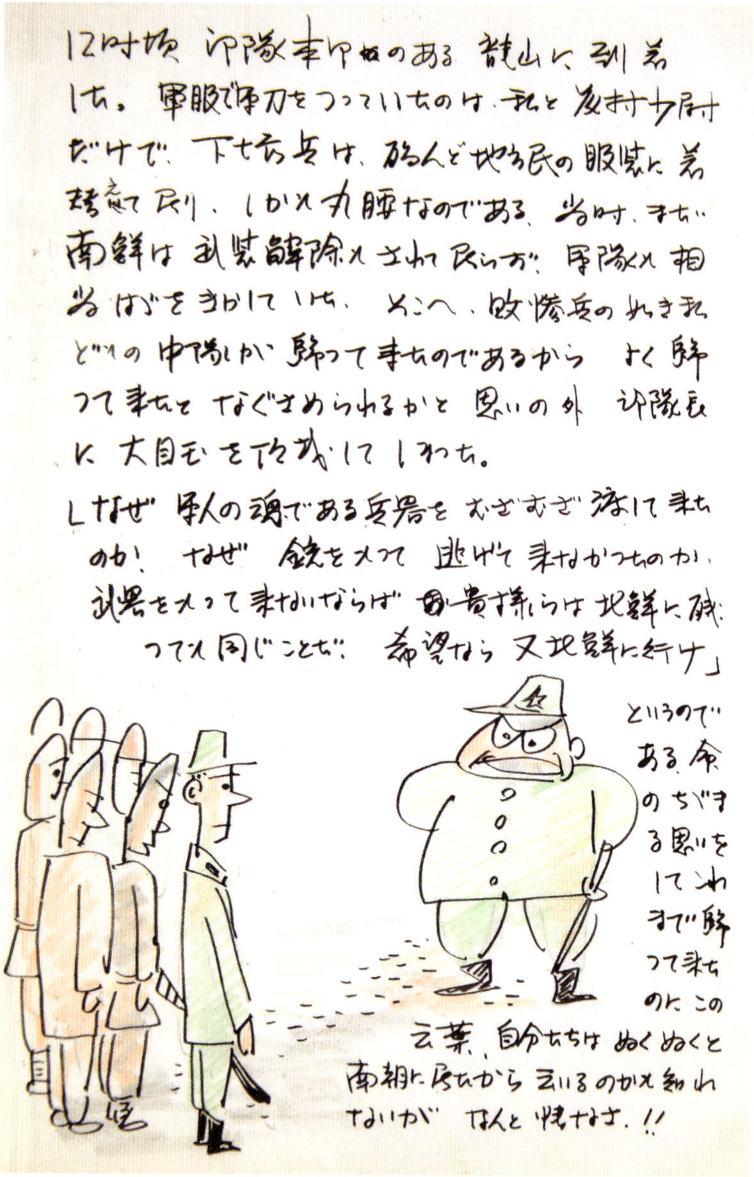

12時頃 部隊本部のある龍山に到着した。軍服で軍刀をつっていたのは私と藤村少尉だけで、下士官兵は、殆んど地方民の服装に着替えて居り、しかも丸腰なのである。当時、まだ南鮮は武装解除もされて居らず、軍隊も相当はばをきかしていた。そこへ、敗残兵のれきれきどもの中隊しか帰って来たのであるから よく帰って来たとなぐさめられるかと思いの外 部隊長に大目玉を頂戴してしまった。
「なぜ軍人の魂である兵器をむざむざ渡して来たのか! なぜ銃を持って逃げて来なかったのか。武器を持って来ないならば 貴様らは北鮮に残っても同じことだ。希望なら又北鮮に行け」
というのである。命のちぢまる思いをしてこれまで帰って来たのに この言葉。自分たちはぬくぬくと南朝に居たから云えるのかも知れないが なんと情けなさ!!

部隊本部のある龍山《りゅうざん》に到着。軍服で軍刀をつっていたのは私と藤村少尉だけ。下士官兵は地方民の服装で丸腰。敗残兵の如き私どもはなぐさめられるかと思いきや、部隊長に大目玉を頂戴《ちょうだい》した。「なぜ軍人の魂である兵器を渡して来たのか。貴様らは北に残っても同じだ」という。ここではまだ軍隊も相当はばをきかせていた。

したたかな部隊長の思惑

私たちをそばに置きたくないわけは？

昭和20年8月30日

部隊長は、私たちを開城の近くに追いやるという。しかし兵隊ももう動かない。誰も今更、動きたくないのだ。そして間もなく、部隊長がなぜ本部のそばに私たちを置きたくないのか、そのわけが分かった。

部隊長は、彼の私物と称して15個もの梱包を内地の家族に送ったという。また、自分用の自動車を用意し、いつでも逃げられる準備をしてあるという。それが露見しては大変なので、私たちを開城へ追い返そうとしていたのだ。

解散証明書を配る

ここから、妻と2人の逃避行が始まる

昭和20年8月31日

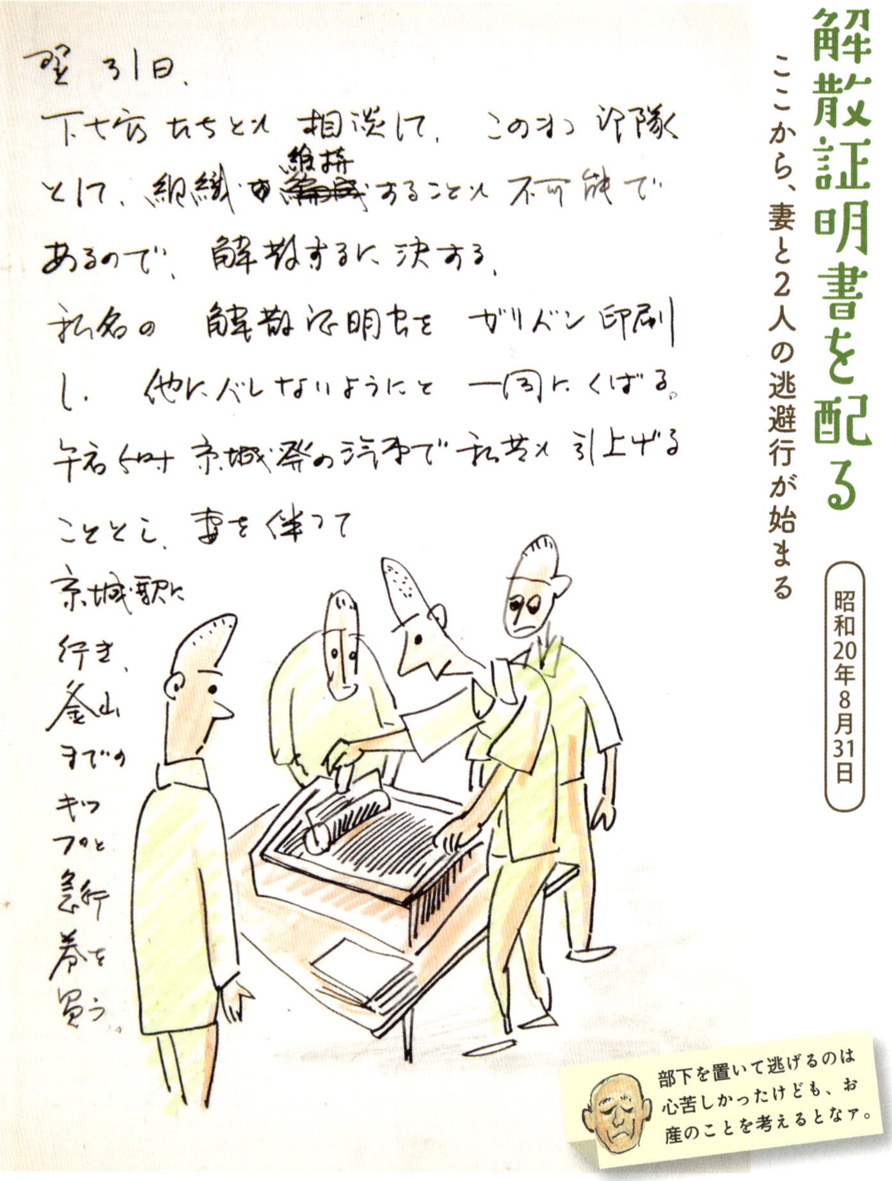
翌31日。
下士官たちとも相談して、このまま部隊
として、組織を維持することも不可能で
あるので、解散するに決する。
私名の解散証明書をガリバン印刷
し、他にバレないようにと一同にくばる。
午后5時 京城発の汽車で私共も引上げる
こととし、妻を伴って
京城駅に
行き、
釜山
までの
キッ
プと
急行
券を
買う。
部下を置いて逃げるのは
心苦しかったけども、お
産のことを考えるとなァ。

翌31日。下士官たちとも相談して、このまま部隊として組織を維持することも不可能であるので、解散するに決する。私名の解散証明書［９ページ★７］をガリバン印刷し、他にバレないようにと一同にくばる。午後２時半、京城発の汽車で私共も引き揚げることとし、妻を伴って京城駅に行き、釜山《プサン》までのキップと急行券を買う。

＊絵日記に「午後５時」とあるのは筆者の記憶違いで、後日、関係者に確かめたところ「午後２時半」だった。

またも、部隊長のお説教

私たちは逃げる機会を逸したか

昭和20年8月31日

私のほかにも、その日ようやく逃げて来た第四中隊長が部隊長に呼ばれ、説教。私たち夫婦の逃亡を予知していただけに、部隊長はことさら皮肉めいたことを言う。これでは到底逃げられそうにない。

勝手な行動とってもらっては

俺の荷物だ
ハッ 竹浪隊長どのの奥さんの荷物であります

妻を京城駅に残して部隊に戻ると、ある下士官が「まずいことになった」と知らせてくれた。部下が家内の荷物を駅まで運ぶ途中、巡視中の部隊長に見つかってしまったというのだ。

妻の待つ京城駅へ

内心、今日の乗車はあきらめつつ

昭和20年8月31日

部隊長に逃亡計画が露見した以上、今日は断念して、二三日様子をみなければ。
それにしても京城駅で待っているだろう妻のところに早く行きたいのだが車がなかなか来なく、ようやく京城まで行く軍のトラックをとめて乗せてもらう。京城駅についたのは発車30分前である。妻はいらいらして待っていた。
汽車には大方のお客さんが乗込んでいるのである。藤村少尉も心配して来ていた。

家内と口論になったべ。お腹の子のため、絶対に逃げる覚悟だったンだな。

部隊長に逃亡計画が露見した以上、今日は断念して、二、三日様子をみなければ。京城駅で待つ妻のところに早く行きたいのだが、車がなかなか来なくて、ようやく軍のトラックをとめて乗せてもらう。京城駅についたのは発車30分前、大方のお客が乗り込んでいる。妻はいらいらして待っていた。藤村少尉も心配して来ていた。

待つことなんてできぬ

妻の強い意志にはかなわない

昭和20年8月31日

私は もう少しまてと云い、妻は、逃げよう
と云う、待合室で大いに論争したが私が折
れて、逃げることに決心し、駅長室を借《か》りて
避難民に早変り、憲兵がうるさく逃亡者
は射殺されるの情報もあるので カーキ色
のものはすべてぬぎ捨てる。
軍人姿だと捕まって殺さ
れるかもしれないから、
避難民姿に変装したのサ。

私はもう少し待てと言い、妻は、逃げようと言う。待合室で大いに論争したが、私が折れて逃げることに決心し、駅長室を借りて避難民に早変わり。憲兵がうるさく、逃亡者は射殺されるとの情報もあるので、カーキ色のものはすべてぬぎ捨てる。

いよいよ釜山へ

避難民であふれかえる汽車に乗る

昭和20年8月31日

私たちが 乗り終って 間もなく 汽車は
発車した。 藤村少尉と 当番兵が 見送って
くれる。 二等車を 選んだのであるが 混雑で それ
に おそく 乗ったため やっと 席にはまりこんだ。
大変 おせわさまに なりました。
一足 お先に くにに かえらして もらいます
無事 内地に つくよう 祈っていますよ
あとのこと なんとか よろしくと お願いします

生きて帰れたのは気丈な家内の助言や行動力に負うものが大きいンだなァ。

私たちが乗り終わって、間もなく汽車は発車した。藤村少尉と当番兵が見送ってくれる。二等車（今のグリーン車に相当）を選んだのであるが混雑しており、それにおそく乗ったため、やっと座席にはまりこんだ。

紙切れに込めた思い

窓から顔を出すな

昭和20年8月31日

間もなく 汽車が 龍山駅に 停車する。
部隊長は あれ程 皮肉を云ったのだから まさか
今日 脱走するとは 夢にも 思ってなかったろうが、
その裏をかくように 今二人は 逃避行をしてい
るのである。部隊のものに 見られては、折角の苦心
も水のあわと し 窓から顔を出すなと 紙
片に書いて そうと 妻にわたす。
汽車の中はごったがえし、今でゆう すし詰列車
の つくりになっているのだが、横になることも出来ず
まんじりともしない一夜を明かし、翌朝、釜山に着
いた。

部隊長はあれほど皮肉を言ったのだから夢にも思ってなかったろうが、その裏をかくように、今二人は逃避行をしているのである。部隊のものに見られては折角《せっかく》の苦心も水のあわと「窓から顔を出すな」と紙片に書いて、そっと妻にわたす。汽車の中では横になることも出来ずまんじりともしない一夜を明かし、翌朝釜山に着いた。

いつ見つかるかと冷や冷や

切符、両替、乗船申込……

船の切符売り場をさがしたが見当たらず、途方にくれる。そのうち朝鮮人の両替屋がワンサと寄って来た。両替料は１割。2000円ばかり交換。後でよくみると日本紙幣に朝鮮紙幣がたくみにまじっている。ペテンにかかったが後の祭り。

昭和20年9月1日

宿屋にいると、船が入ったと知らせがあった。出てみると大きな汽船が入港している。軍人であることがバレると大変なのでためらっていると、兵隊に「奥さんも帰るんでしょう」と言われ、こわごわ申し込む。指名手配されてるかと冷々。

ようやく乗船

何時間も待たされた末に

昭和20年9月1日～2日

翌朝４時から乗船開始という。夜11時頃宿を出る。寒い風、それに雨。大きな荷物を背負う人、着のみ着のままの人、大部分は女と子供たちだけ。全財産を投げ捨てて帰国する人たちが順番を待つ。

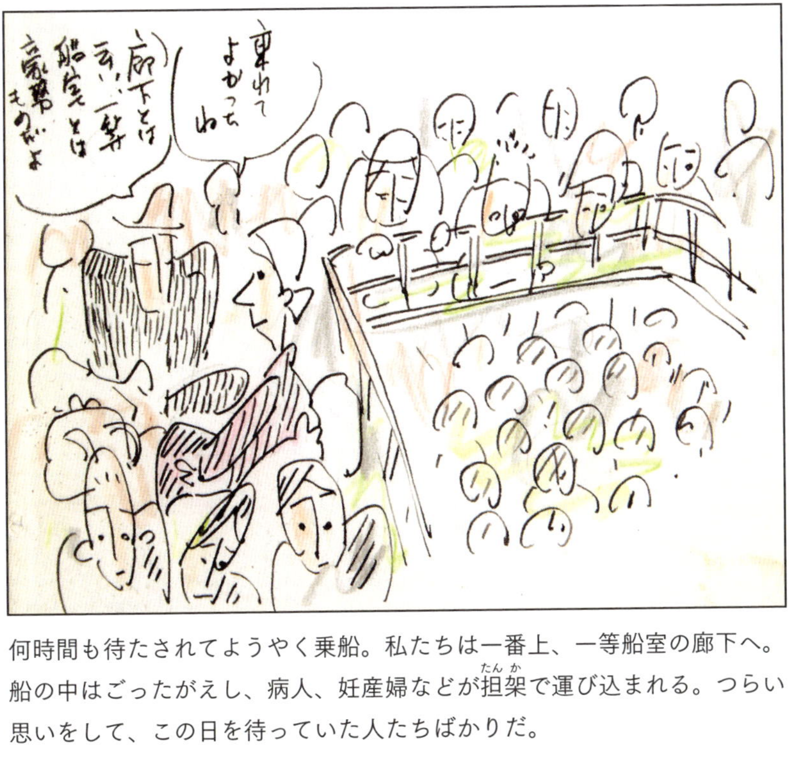
乗れてよかったね
廊下とは云い、一等船室とは豪華なものだよ

何時間も待たされてようやく乗船。私たちは一番上、一等船室の廊下へ。船の中はごったがえし、病人、妊産婦などが担架《たんか》で運び込まれる。つらい思いをして、この日を待っていた人たちばかりだ。

内地が見えてきた

これで無事帰れるんだと、感慨無量

昭和20年9月2日

朝７時半。ドラの音と共に船は静かに釜山の埠頭を離れる。港を離れるまでは、いつ憲兵の点検を受けるかと気が気でなかった。昭和12年に満州に渡って以来足かけ９年、思い出多き大陸での生活。いつしか雨は止み、船は一路なつかしの内地へ。

午後3時頃。山口県、仙崎沖に船がとまる。内地だ。間もなく内地の土を踏むことができるのだ。言い知れぬ喜びがわく。また小雨が降って来る。

はしけで上陸

外はどしゃぶり、でも心には晴れ間が

昭和20年9月2日

7時すぎ　ようやく　わたしたちの順番が
来て　迎えの　はしけに　乗り　移る。
雨は　容赦なく　降り、　あたりは　夜の
とばり。

（午後）7時すぎ、ようやくわたしたちの順番が来て、迎えのはしけに乗り移る。雨は容赦なく降り、あたりは夜のとばり。

1本のこうもり傘

ぬかるみの道を駅へ

昭和20年9月2日

雨にぬれ ようやく 仙崎の桟橋に
上陸する。 ここから 汽車の 出る 駅までは
後 半里も 歩かねば ならぬのである。
勿論 雨具の用意はない。 家内の一
本の こうもりを 二人でさして、 ぬかるみ
の 道を 駅に いそぐ。

そりゃもう、みじめな気持ちでいっぱいだった。

雨にぬれ、ようやく（山口県の）仙崎の桟橋に上陸する。ここから汽車の出る駅までは、あと半里（約２キロ）も歩かねばならぬのである。もちろん雨具の用意はない。家内の一本のこうもりを二人でさして、ぬかるみの道を駅にいそぐ。

列車には乗れず、宿もない

地獄に仏とはこのことか

昭和20年9月2日

駅は、列車を 待つ 先客で
ごったがいし 二、三軒、宿を さがしたが
どこも とめて くれるところ はない。
とほうに くれて 或家の 軒下に 雨やどり
し、今夜は ここで 夜を 明かさねば ならぬの
かと、引揚の みじめさを しみじみ 味わって
いたら、あまり 気毒とでも
思ったのか、そこの
家の 家主さんが
そうと わたくし
たちを 家の
中に入れて
くれた。
神は まだ 私たちを 見捨てはしなかったのだ。
御好意に 感謝し、一晩 世話に なることにした。

駅は列車を待つ先客でごったがえし、泊めてくれる宿もない。ある家の軒下に雨やどりし、ここで夜を明かさねばならぬのかと引き揚げのみじめさを味わっていたら、家主さんがわたくしたちを家の中に入れてくれた。神はまだ私たちを見捨てはしなかったのだ。御好意に感謝し、一晩世話になることにした。

1年振りの内地での夜

旅先での親切が骨身にしみる

昭和20年9月2日〜3日

どてらを かして貰う
ぬれたものを かわかす
知らぬ旅先での 親切は 骨身にしみる 思いであった

ぬれた衣類をかわかして、先方でのべてくれたふとんで1年振りの内地の夜をすごした。ここのうちもおじいさんとおばあさん2人だけであった。

朝、持って来た米で御飯を焚いてもらう。白い御飯は私たちにだけ食べさせ、この老人夫婦は米糠《こめぬか》のようなものを食べていた。内地の食糧事情の深刻さがわかる。米、砂糖、薬、お金を包み、厚く御礼を申し述べてこの家を出た。

あの賑やかな下関が……

焼け野原にも、唐辛子弁当にも驚いた

昭和20年9月3日

下関駅でも引き揚げの事務は軍隊がやっていた。汽車は夜10時発の東京行急行。下関付近も空襲で焼け野原。みる影もなし。朝鮮人が売りに来たきなこ味のにぎり飯、塩にしんをおかずに廃墟を眺めながらパクつく。

あんなに家が立ち並んでいたのに なんにもなくなって

塩
赤いとうがらし

下関駅待合室は、私たちと反対に朝鮮に帰る人々で充満していた。ある朝鮮人が弁当箱を開けていたが、唐辛子に塩をつけただけのおかずで銀飯《ぎんしゃり》（白米）をパクついていたのはいささか驚いた。

行きは二等車、帰りは三等車

冷たい風がみじめさをあおる

昭和20年9月3日

窓硝子が一枚もない 三等車、風がぶうぶう
入る。この車のお客は 私たちだけ、のびのびと
出来るのだが なにせ 風が つめたい。
「行きは よいよい 帰りは こわい」と云う 唄の文句
があるが 去年の秋 妻を伴って 渡満した時は
満洲まで 二等車で 行ったものだのに 今は
うらぶれた 姿して、窓硝子のない 三等車に 横た
わる。窓越しに見る 廃墟と共に 敗戦の
みじめさが しみわたる。
9.3

窓硝子《ガラス》が一枚もない三等車。風がぶうぶう入る。お客は私たちだけ。のびのびと出来るが、なにせ風がつめたい。「行きはよいよい帰りはこわい」と言う唄の文句があるが、去年妻を伴って渡満した時は満州まで二等車で行ったのに、今はうらぶれた姿で三等車に横たわる。窓越しに見る廃墟と共に敗戦のみじめさがしみわたる。

見上げると、夜空の星が

みじめさも心細さも吹き飛んだ

昭和20年9月4日

翌４日、真夜中に東京駅につく。翌朝まで電車がないので、東京駅の待合室で夜明けを待つ。空襲で屋根のない待合室からは、夜空の星がおがめる。便所もどこやら、待合室の外ですますので、臭気プンプン。

ついに郷里、鶴田の土を踏む

長い長い道のりでした

昭和20年9月5日〜6日

この幸運は、毎朝家族が
私たちの無事を八幡宮に
祈ってくれたおかげだべ。

上野からの汽車も大混雑、便所にも立てないほど。6日、10時頃鶴田駅に無事到着した。まず、大本家《おおほんけ》に立ちより、帰国の挨拶。馬鈴薯《ばれいしょ》（ジャガイモ）を出された時は田舎も食糧難かと早合点《はやがてん》したが、昼食に白米を出され一安心。昼食をすませて我が家へ。沙里院を出発してからちょうど10日目に我が家の敷居をまたげたのである。

column「引揚の記録」の雑記

平成13（2001）年5月13日に記載

「引揚の記録」が見つからない！

昭和20年9月23日。妻は無事、長女（聖子《しょうこ》）を出産した。予定より約1カ月早い出産であった。これは多分に引き揚げの心労により、早産したものと思われる。もしも、あのまま朝鮮にとどまっていたら、赤ん坊はもちろん妻の命もどうなっていたことか……。

沙里院《しゃりいん》に妻が訪ねて来たときは車窓から偶然にも私を見つけ［本書18ページ］、沙里院を逃げるときはモーターカーに乗ることができ［24ページ］、米ソの境界線（38度線）も危機一髪で脱出［25〜28ページ］、釜山《プサン》でも早速引き揚げ船に乗れたし［36、37ページ］、仙崎では人の情けで民家に1泊させてもらった［41、42ページ］。あまりに幸運の連続である。その軌跡を記したのが「引揚の記録」だ。

しかし、せっかく描いたというのに、どこにしまったのか分からなくなってしまった。なにせ、わが家の倉庫には、長年の絵日記をぎゅうぎゅうに詰め込んだダンボール箱の山がところ狭しと積み重なっているのだ。そのどこに収めたのかが分からず、しばらくの間、読み返したくても読むことができずにいた。

「5月13日」という、偶然の一致

死線を越え、苦楽をともにした家内は、心臓弁膜症悪化で他界した。昭和62年5月13日、61歳7カ月の生涯であった。ふとしたはずみで「引揚の記録」が見つかったのは、その10日ほど前のことだった。葬儀の日、私はその表紙を見て驚いた。表紙の日付、つまり「引揚の記録」を描き上げたのは、昭和37年5月13日。その月日は、なんと家内死亡の月日と偶然にも一致していたのだ！

家内が死亡したときには泣かなかった私だが、ぼろぼろと涙があふれた。家内の命の終わりは、この日と決まっていたのか……。その運命を感じたからである。女の平均寿命が84歳の今、家内はあまりにも早く私を残して逝ってしまった。会社を退職してからは2人の老後の楽しみもいっぱいあったのに、悔やまれてならない。

今も思い出すことがいっぱいある。3人の子をもうけた。思い出はアルバムと絵日記に描き込まれている。誰も天命を知るものはないが、あまりにも早い生涯であったと思う。いずれ私も召されたときは、その後の生活のことを聞かせてあげよう。あの世というものがあるならば、また一緒になれるのだ。あと何年になるか分からぬが、待っていてほしい。

竹浪正造

第2章 幸せは、いつもすぐそばに

昭和29（1954）年12月～49（1974）年3月／36～55歳の頃

11.27.（日曜日）
煙突が破けて、煙りがもうもう。

昭和31（1956）年	国連に正式加盟
昭和34（1959）年	皇太子殿下と正田美智子さま、ご成婚
昭和35（1960）年	日米安全保障条約改定／安保反対闘争激化
昭和39（1964）年	東京オリンピック開催
昭和40（1965）年	米軍、北ベトナム爆撃開始／ベトナム反戦運動高まる
昭和43（1968）年	3億円強奪事件
昭和45（1970）年	大阪万博開催／よど号ハイジャック事件
昭和47（1972）年	札幌オリンピック開催／沖縄返還
昭和48（1973）年	第1次オイルショック／戦後初のマイナス成長

新しい時代が始まった

さてさて、ここでは昭和30、40年代に描いたまんが絵日記を紹介するハンでナ。終戦後、わ（私）は東北電力に勤めたンだ。当時はまだ電力不足だったから、電気を無駄遣いしないよう呼びかけてたのサ。今で言う「計画停電」みたいに、「今晩、何時から何時まで電気を止めますよ」ということもたびたびあった。昭和30年代になると、八戸に火力発電所が出来てナ。その頃には新しい電化製品が次々と登場して、わ（私）の仕事もそれを斡旋するような仕事へと変化していったンだ。

会社には背広を着て出かけ、うちに帰ると着物に着替えて毎晩晩酌。休日はかあさんやご近所さんと田ンぼを耕し、米を作ったり。3人の子どもにも恵まれてナァ。絵日記は描いたら描きっぱなしだハンで、自分でも初めて見るようなもンだ。サァ、じっくりど読み返してみるがな。

食卓を囲める幸せ

津軽の正月には魚が欠かせない

昭和29年12月31日

としとり（大晦日）なれど、肴（魚）なし。されど本家より「キントン」と「なます」をもらい、スキ焼きで（魚ではなく肉で）年越しをする。正浩（長男・3歳）はスキ焼きも食わず、父さんのひざでグーグー。

昭和30年1月16日

かあさん、青森へ買い出しに行って夕方帰る。リュックの中から手品師のように魚を出してみせる。

この年、昭和30年の元日から、まんが絵日記を描きはじめたンだよ

かあさんは扮装好き

学校長役を熱演

昭和30年4月10日

かあさんは、馬鹿つくったりする（人を笑わせる）のが好きだハンで。

連合婦人会の総会。かあさんたち、余興に出るのだという。かあさんの役は学校長。まっちゃん（甥《おい》の正顕《まさあき》）の父さん（私の兄・正静《まさよし》）のモーニングを借りて行く。

電化製品の登場

ミキサーの実演にお伴する

昭和30年5月13日〜14日

スーパーミキサー
¥11,900
煮干でもりんたんに粉末になります
一台はほしいもんだが ただ丸助がねイ…

家電メーカーの宣伝カー来る。ミキサー実演。

当時は東北電力に勤めてたンだけど、電化製品の応援販売も仕事の一つだったナ。

宣伝サービスカーに随行。今日のコースは鶴田—板柳—藤崎—浪岡。藤崎までお伴する。藤崎では雨に降られお客なし。

電気井戸ポンプをPR中！

便利な世の中になってきた

昭和31年8月

この頃はまだ、家の前を流れるキレイな小川が、水道の代わりだったのサ。

電気井戸ポンプ。井戸水も水道のように使える。

初乗りに胸躍る

蒸気機関車からディーゼルカーへ

昭和32年3月30日

こうして絵日記を読み返してみると、覚えてねぇことばかりだナ。

ディーゼルカー初乗（上り下り共）。

日食が見えた

直接見ちゃダメだよ

昭和32年4月30日

4月30日
朝、日食あり
まっちゃんの
セイヤが ガラスのユエンで
鼻の頭をまっくろにしていた

当時はガラスの破片にスス付けて、空を見上げたりしたもンだ。

朝、日食あり。まっちゃんの弟、誠也《せいや》（甥）がガラスの油煙《ゆえん》で鼻の頭を真っ黒にしていた。

かあさんは井戸へ洗濯に

それまでは小川で洗濯してました

昭和33年4月6日

洗濯機なんて夢のまた夢。しかし洗濯機は汚れがひどいと落ちないンだナ。

午後、かあさんは町営住宅の掘抜井戸まで、洗濯物をかかえて行く。

酒は飲んでも飲まれるな

言い訳も聞いてくれない

昭和33年5月20日

5月20日。例月出納検査
終って。報酬を貰ったので。一升だす
ことにして。助役らと共に高橋食堂に出か
けたまではよいが 酔うほどに よろめいた
はずみに女給の口べにがワイシャツについ
て。
翌朝みつけたかあさんがけがらわし
いとかんかん。油をぎゅうぎゅうしぼ
られた。

酔って電車を乗り過ごす
こともよくあったなァ。
線路を3駅歩いたことも。

報酬をもらったので一升だすことにして、助役らと共に高橋食堂に出かけたまでは良いが、酔うほどによろめいたはずみに女給の口紅がワイシャツについて、翌朝みつけたかあさんがけがらわしいとかんかん。油をぎゅうぎゅうしぼられた。

ねぷたの日は仕事も忘れて

社員一丸となって盛り上げました

昭和33年8月19日～20日

待ちに待った（五所川原）ねぷたの初日だが、朝から雨。午後3時、所長の鶴の一声で「景気をつけて踊ろうじゃないか」と。前代未聞、事務室で踊りの練習。蒸し風呂のようで汗びっしょり。終列車で帰る。

電力のねぷた「天の岩戸」。

2日目。雨はたまにぱらついたりして、ねぷたにビニールをかぶせた時もあったが、概して天気にめぐまれ一巡。10時すぎ帰還する。

おめかしも水の泡

ちょっと笑いすぎたかな？

昭和33年8月30日

かあさん、せっかくパーマかけてのおめかしも、みんなの笑い草。かあさん、ざんねんがる。

皇太子殿下のご成婚パレード

テレビのある家にみんな殺到

昭和34年4月10日

皇太子結婚式。高嶋旅館にテレビ見物に行く。高嶋のテレビ しんどう多し。
午后、石川先生宅へ パレードのテレビ見物。途中、良いところで停電。夕方から雨となる。
この日、皇太子の結婚で話はもちきり……
4月10日（金）

ということは、このときはまだ、わが家にテレビがなかったってことだ。

皇太子殿下（と美智子さまの）結婚式。高嶋旅館にテレビ見物に行く。高嶋のテレビ、振動《しんどう》多し。午後、石川先生宅へ。パレードのテレビ見物。途中、良いところで停電。この日、皇太子殿下の結婚で話はもちきり。

水が来た！　水が来た！

蛇口をねじるだけであふれ出る

昭和35年5月13日

水道完成。待ちに待っていた水が、蛇口をねじるとあふれ出て来る。この喜び。水が来た、水が来たと町内会のみんな喜びにわく。

写真機を購入

まずは家族5人で写し合い

昭和37年3月11日

我が家試写大会
各人にカメラをあづけて映すことになる。
総計15枚、果してどんなけっさくが
生れることだろうか
3.11（日）

舌出してるのは聖子《しょうこ》だの。カメラ向けられてヘンな顔してる。

わが家試写大会。各人にカメラをあずけて映すことになる。総計15枚。果してどんなけっさくが生まれることだろうか。

夫婦みずいらずの旅行

満州以来、16年ぶりのことでした

昭和37年4月5日〜13日

4月5日。東京・静岡方面に8日間の旅行。子ども達は「自分達だけで留守番する」と言うが、沼崎のおがさに出張願う。駅弁を買うつもりでいたが、おにぎりを分けてもらった。

わ（私）が43歳、かあさんは36歳のときだ。

6日。朝食後、国会議事堂内を見学。かあさんの記念写真をと、車道に出て狙いをつけていたが、「バカモノッ」と交通巡査から一喝。東京っておっかねいところと、まずはおったまげた次第。

８日。伊東から下田へ。車窓から見て一番うらやましいのは、みかん畑。ちいさな樹に黄金色の大きなみかん。かあさんは「畑に入ってみたい」と言うが、実現しなかったことは残念至極であった。

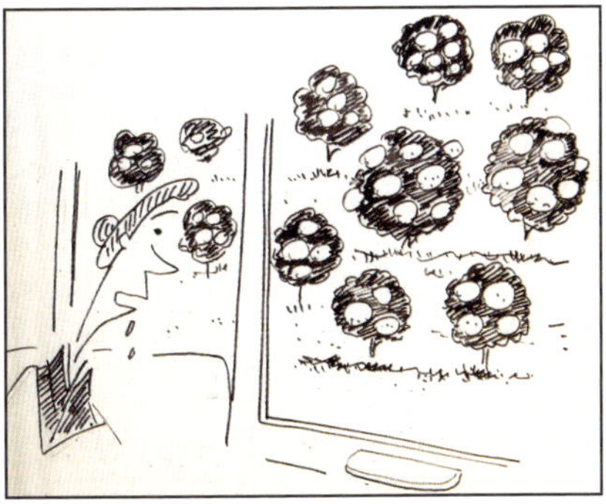

12日。青森へ。小生は戦後初めて、かあさんは生まれて初めて寝台車に乗る。いささか窮屈ではあるが、横になれるので楽ちんなことこの上なし。朝７時まで寝る。

13日。１週間振りに出勤。なんだか照れくさい。はりきって仕事していると女の子らに、竹浪さん前よりもすてきになったとおだてられ、まんざらでもない。

ボーナス様のお帰り

家族揃ってお出迎え

昭和37年6月8日

どこのうちでも拝まれるのは父さんじゃなくて、「ボーナス様」だの。

ボーナス様のおかえり——!!　下期賞与が出る。年間協定してあるので、闘争もなくスムーズな支給。今日はどこの家庭でもこのような風景が展開されるだろう。

高いところも何のその

こういうお手伝いなら楽しい

昭和38年4月28日

世の中も 進んだものである
電気掃除器で ごみを さらう ようになった
正浩 こんな ことにかけては 大はしゃぎ
(曇、ほとんど無風、清掃日和)
4月28日

世の中も進んだものである。電気掃除機でごみをさらうようになった。正浩《まさひろ》(長男・11歳)、こんなことにかけては大はしゃぎ。曇り、ほとんど無風、清掃日和。

かあさんの恋人!?

「岡田さん」の正体とは?(この続きは94ページで)

昭和40年4月6日

長年、かあさんはその魅力に夢中だったサア。

岡田さんが来てくれた。かあさんにとっては恋人を待つ思いで、彼を待ちつづけていたのである。いろいろ話して、かあさんもさっぱりしたていであった。

吉田茂元首相の国葬

会社を早退する人も

昭和42年10月31日

湯のみに吸いがらでインスタント線香？　おかしなことしてたナア。
10.31

吉田茂元首相の国葬。２時10分。黙祷後は早退みとめられる。山中氏、湯のみに煙草の吸いがらを入れる。ゆらゆらと煙が立ちのぼるので、インスタント線香に代用。われわれは当直室で定刻に黙祷したが、会社のチャイムは２分おくれた。

アポロ11号月面着陸成功

テレビなのに、音だけの放送って!?

昭和44年7月21日

世界中の人が生中継を興奮して見てたのに、映像がすぐ届かなかったのサ。

アポロ11号の月着陸の瞬間を見ようと、5時から家内一同眠い目をこすってテレビに釘づけなのに、声だけの放送で映像はあとまわしとあって、一同がっかり。

かあさんの顔をそってやる

タダだから、多少のことはガマンして

昭和44年9月7日

かあさんが自分で顔そると、顔中傷だらけになってしまうンだよ。

かあさんは明日、旅行。顔そりに床屋にゆけばよいのだが、大儀《たいぎ》(めんどうくさい)というので、私がそってやる。お客さんが石ケンつけたり、顔をつき出したり、タダだから多少のガマンは仕方がないべ。これで180円もうけたことになったのだからガマンしようということになった。

マンガの原稿依頼が来た

社内新聞に掲載

昭和44年9月19日

東北電力
健康は家庭をささえ、会社をささえる力
冬場を控え 身体を鍛えよう

社内新聞や電化製品のポスターは、よく頼まれて描いたベナァ。

本店、電力新聞担当者から電話があった。新聞に私のマンガを掲載したいというのである。私はテーマを与えてくれれば……と応えたら、その後また電話があって、10月１日号は健康とサービス旬間が主なものだというので、次のようなのを考えてみた。「健康は家庭をささえ、会社をささえる力。冬場を控え、身体を鍛えよう」。

新しいストーブ

コークスストーブを取り付ける

昭和44年11月10日

コークスストーブ・初めて使用.

コークスストーブは石炭ストーブより火力が強くて、あったかいのサ。

コークスストーブ初めて使用。

男の手料理

私はうどんを煮ただけ

昭和45年1月3日

長男の正浩は今でも、ごはんをよく作るそうだ。料理が好きなんだなア。

かあさん、良子《よしこ》（次女・22歳）、食欲なしという。そこで小生と正浩（長男・18歳）、腕を振って夕食づくり。というても、小生はうどんを煮ただけ。あとは正浩がやる。正浩「おれはこんなのが好きなんだ」と。まずはみんなでご馳走さまということになった。

馬場と猪木

ご近所さん、わが家のテレビで大興奮

昭和45年4月3日

わが家のテレビを見に、ご近所さんが集まってきたンだの。

テレビがプロレスをはじめた。馬場とアントニオ猪木組、馬場がスローモーションだと憤慨。そして外人組が凶器で攻めつけるので、これに憤慨。この老人たち、テレビの前で大声で、これ聞えよがしに興奮。いやはやタンジュンすぎますだ。

アルバムは宝物

満州に置いてきたアルバムはもう見られぬが……

昭和47年2月14日

アルバムや絵日記の整理は、かあさんがよく一緒にやってくれたもンだよ。

今日はアルバムの整理。年代と主な内容を表紙見出しに書いて貼る。アルバムは10数冊できた。満州までもって行ったアルバム、かあさんのも含め10数冊は見ることができなくなった。

あさま山荘テレビ観戦

テレビ中継で、当直室は満員でした

昭和47年2月28日

あさま山荘攻防戦。
10時からテレビ中継で当直室は満員
中には数時間。テレビ観戦の者もあり。
いまかいまかと その捕りものの瞬間を期待
したのに。なんとつかまえたのは 6時すぎ。
2/28

あさま山荘攻防戦。10時からテレビ中継で当直室は満員。中には数時間、テレビ観戦の者もあり。今か今かとその捕りものの瞬間を期待したのに、なんとつかまえたのは夕方の６時すぎ。

水筒のことが心配だった

引揚げ時の恩人との再会

私たち夫婦が朝鮮から逃げて来たとき世話になった藤村さんに会う。藤村さんとかあさんは27年ぶりの再会。孫の顔を見るため、先に東京に到着していたかあさんが、藤村さんと上野駅のホームで迎えてくれた。

昭和47年7月20日

私は京城《けいじょう》駅で変装して逃げたが、藤村さんは私の荷物に将校用の水筒があったのを思い出し、心配していたという。将校ということがバレると、逃亡罪で逮捕されるからだ。藤村さんは、私がぬいだ軍服を着て帰国したという。

小野田元少尉、フィリピンから帰還

たった1人で、よくがんばったもんだ

昭和49年3月12日

小野田元少尉 無事帰国する
人の命は 地球より重い
捜索費1億円は決して
ムダではなかった。

敗戦を知りつつも任務解除命令を聞くまではと、任務を続けたそうだナ。

（フィリピンの密林で任務を続けていた）小野田元少尉、無事帰国する。人の命は地球より重い。捜索費1億円は決してムダではなかった。

あの日の水筒が湯たんぽに

こんなときに役立つなんて

昭和49年3月30日

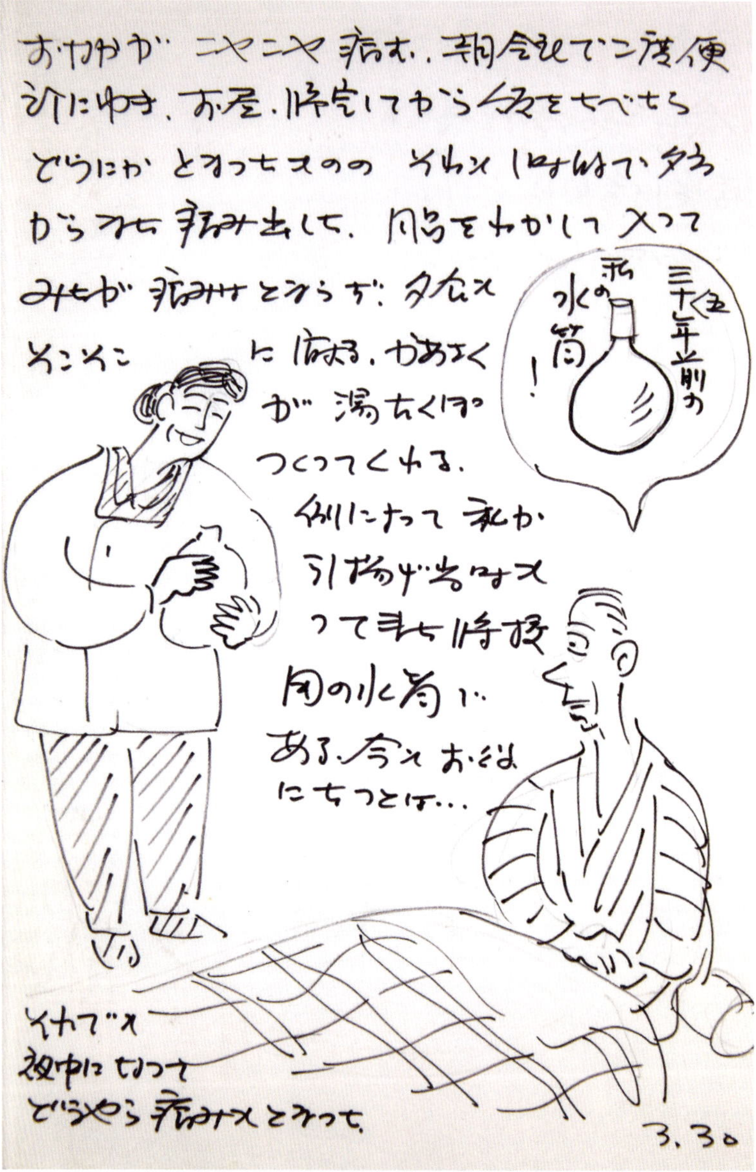

おなかがニヤニヤ痛む。風呂をわかして入ってみたが痛みはとまらず、夕食もそこそこに寝る。かあさんが湯たんぽつくってくれる。例によって、私が引き揚げ当時もって来た将校用の水筒である。今もお役にたつとは……。夜中になってどうやら痛みもとまった。

第3章 愛妻日記 ～かあさんの笑顔、かあさんの涙～

昭和50（1975）年12月～59（1984）年1月／57～65歳の頃

昭和50（1975）年	ベトナム戦争終結／沖縄国際海洋博覧会開催
昭和51（1976）年	ロッキード事件
昭和52（1977）年	王貞治、ホームラン世界新記録達成
昭和53（1978）年	新東京国際空港開港／日中平和友好条約調印
昭和54（1979）年	国公立大学の共通1次試験開始／初の東京サミット開催
昭和56（1981）年	初の中国残留日本人孤児公式来日
昭和57（1982）年	ホテル・ニュージャパン火災／日航機、羽田沖に墜落
昭和58（1983）年	日本海中部地震／三宅島大噴火
昭和59（1984）年	グリコ・森永事件

夫婦2人だけの暮らし

聖子《しょうこ》、良子《よしこ》に続き、正浩も結婚して家を出て、かあさんと2人だけの生活が始まった頃ダ。この頃のかあさんは難聴になったり、体調が悪かったりで、すっかり気弱になってたべナァ。「こんな耳じゃ、旅行にも行けない」なんて嘆いたこともあったンだけど、わ(私)は構わず九州旅行の計画を立てて、2人で遊びに行ったこともあった(それが、かあさんとの最後の旅行になってしまったンだばての)。そんな時もあったけど、笑いの絶えない日々だったヨォ。かあさんは馬鹿つくる(人を笑わせる)のが好きでナァ、本当に楽しい人だったハンで。

それでは、みなさんにかあさんをご紹介するべがナァ。

長男の結婚式なのに……

披露宴に、間に合わなかった

大吹雪により、約13時間の遅れで大宮の式場に到着。とっくに披露宴も終わっていたが、春枝さん（長男正浩の嫁）は髪も解かずお色直しの着物のまま私たちを待っていた。大急ぎで記念写真を撮る。かあさんが紋付に着替える時間はなかった。

吹雪で列車が遅れて、かあさんもオレもヤキモキしながら埼玉に向かったのサ。

昭和50年12月14日

披露宴のやり直しとなった。けいちゃんの父さん（私のいとこ）が口火を切って「いずれ赤ちゃんが生まれるだろうから」と子守唄を歌う。彼は障子を太鼓代わりにして破ってしまうほど大ハッスル。最後は青森ねぶたでお開きに。

母の涙、夫の涙

悔やんでも、悔やみきれない

昭和51年1月23日

今までこらえていたかあさんのくどき（愚痴）が始まった。正浩の祝言のため礼服も新調したのに、写真を撮ったとき平服だったのが返す返す残念なのだ。正浩の晴れ着も自分で着せてやりたかったという親心。母としての偉大さを考えさせられた。

昭和51年1月24日

青森支社に行った帰りに1升5合あける。私は充分酔っていた。ハイヤーたのんで駅へ。汽車の中、かあさんの気持ちを考えて涙がとめどもなく出る。不憫《ふびん》でならないのである。

後日、鶴田の家に身内だけ集まって、もう一度結婚式を行なったンだ。

150万円のカラーテレビ

われわれ庶民には高嶺《たかね》の花

昭和51年4月1日

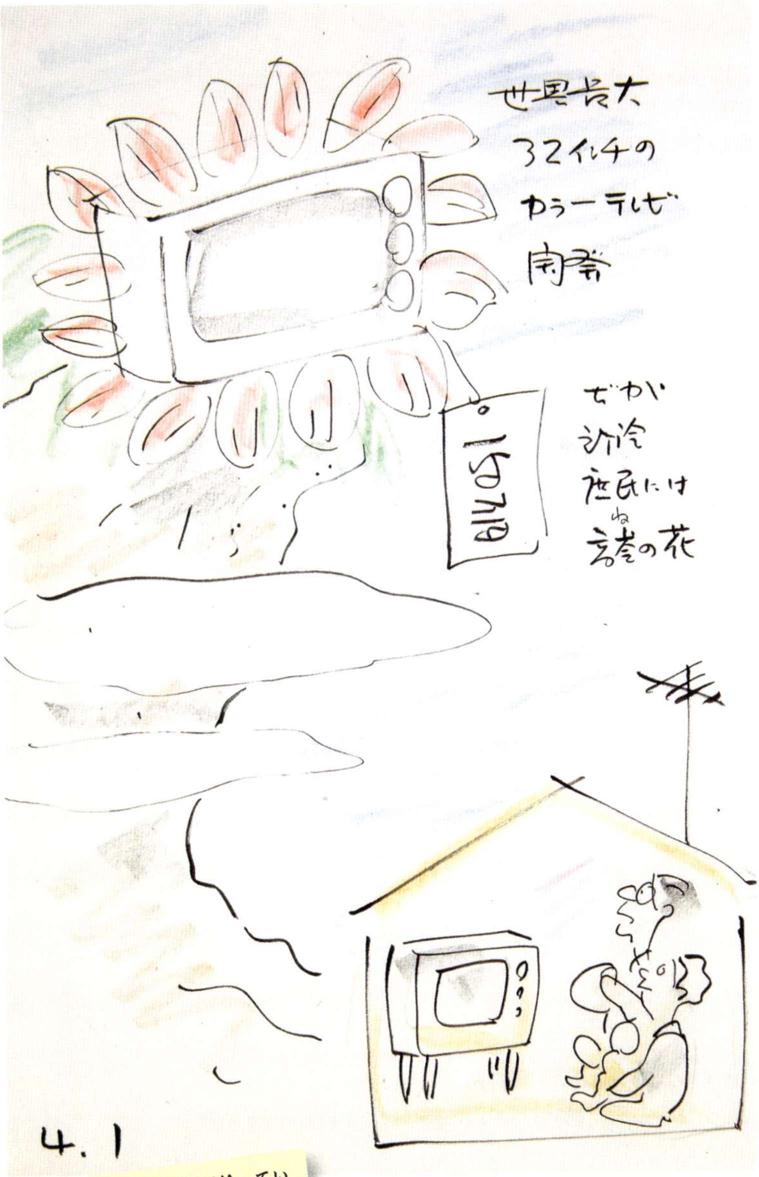

この当時の初任給っていったら、8万か9万くらいだったのにのォ。

（大手電気メーカーが）世界最大32インチのカラーテレビ開発。１台150万円。

バイク事故

バイクもろとも、横転してしまった！

昭和51年5月24日

五所川原から鯵ヶ沢方面に集金とセールス訪問。天気はよく、集金も快調。マイクロバスがきたのでわきによったが、よりすぎて、地盤が緩かったためかバイクもろとも横転。

かあさんが、お尻を洗ってくれる

上半身は包帯グルグル巻き

昭和51年5月26日

風呂をわかす。私は（事故の怪我のせいで）下半身しか入れない。かあさんが私の下半身洗ってくれる。妻ならではである。淳《じゅん》ちゃん(次女良子《よしこ》の長男・３歳)が扉をあける。かあさんが「おじいちゃん、こんなんだよ」と包帯でグルグルにまかれた私を見せる。淳ちゃんは私がこうなってから「遊ぼう遊ぼう」とせがまなくなった。

孫の言葉にギョッ

おじいちゃんにほれてるね

昭和51年5月31日

1週間ぶり、服を着て五所川原へ。1人では服も着れないのでかあさんに手伝ってもらう。ネクタイももちろんである。こんなこと、わが人生でめったになかったことである。

昭和51年某月某日

あンれあンれ！　このときの淳ちゃんはまだ3歳だべ！？
あんた
つるたの
おじいちゃんに
ほれてるね
ギョッ

「あんた、つるた（鶴田）のおじいちゃんにほれてるね」。淳ちゃんのことばにこちらはギョッ。

2人がかりでナマズと格闘

しかたないので、アタマをゴッツン！

昭和53年5月12日

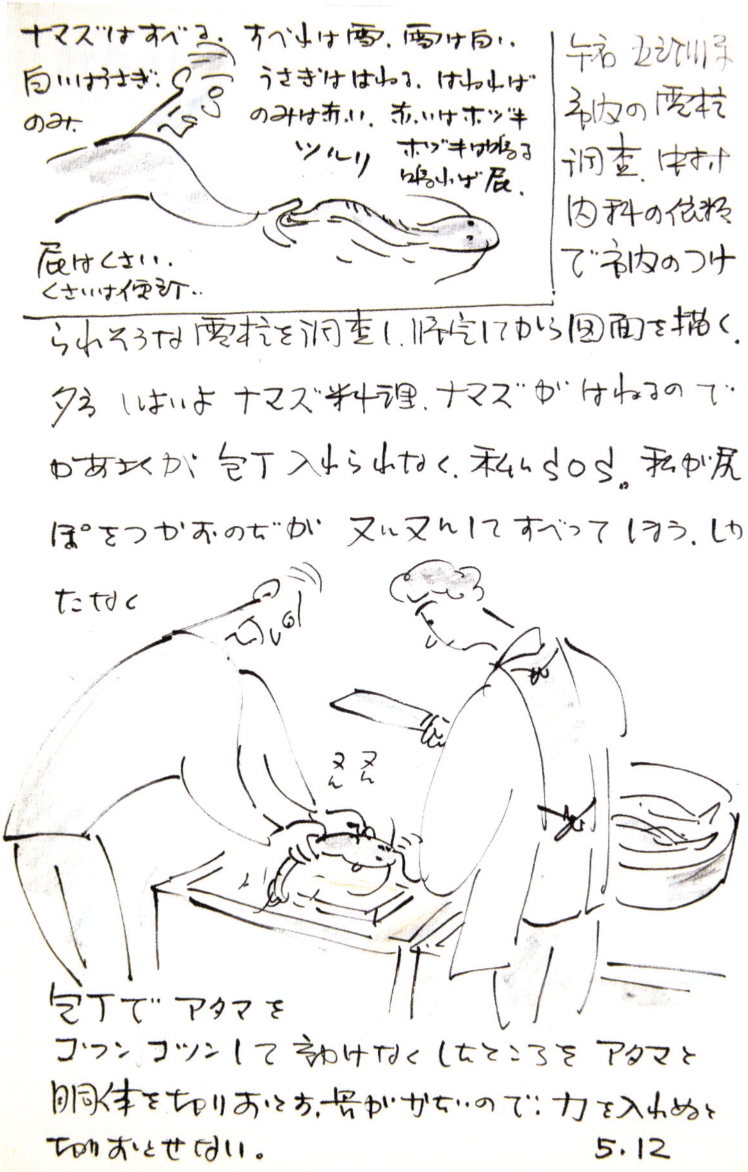

夕方、いよいよナマズ料理。ナマズがはねるのでかあさんが包丁入れられなくて、私にSOS。私が尾っぽをつかむのだが、ヌルヌルしてすべってしまう。しかたなく包丁でアタマをゴツンゴツンして動けなくしたところで、アタマと胴体を切りおとす。骨がかたいので、力を入れないと切りおとせない。

空中ブランコでフラフラ

でも、喜ばれるとうれしい

昭和53年6月11日

まーちゃんが　かあさんの蕗の皮むきに　いたずらするものだから。私が農道へつれてゆく。
時々　空中ブランコ　やってやると　目を細めて
大喜び。　もっと　もっと　とせがむ。
こちらは　目が回って　フラフラ。

甥の正顕さんの息子がまーちゃん・正裕《まさやす》。みんな名前に「正」が付くのサ。

まーちゃん（甥《おい》の正顕《まさあき》の長男・２歳）がかあさんの蕗《ふき》の皮むきにいたずらするものだから、私が農道につれてゆく。時々空中ブランコやってやると、目を細めて大喜び。もっともっととせがむ。こちらは目が回ってフラフラ。

かあさん大失態

まーちゃんに怪我させてしまった

昭和53年11月10日

かあさんが大変なことをしてしまった。まーちゃんを怪我（骨折）させてしまったのだ。まーちゃんを自転車の後ろに乗せて前進しようとしたところ、まーちゃんがボタンと地面に落ちたという。

かあさんとまーちゃんの家へ。昼寝から目ざめたところで、ごきげん。痛みはないようだ。私に「ねずみがオヘソをかじりに来るから、フトンかけて」という。ご自分の親さまそっちのけで、私にやってもらいたいという。

かあさん、放心状態

とにかく怪我がよくなってホッとした

昭和53年11月10日〜11日

かあさんはまーちゃんを怪我させたことが、よっぽどショックらしい。放心状態で炊事していたらしく、焼酎の1升ビンを割ってしまった。「床の神様が飲みたかったんだろう」となぐさめる。

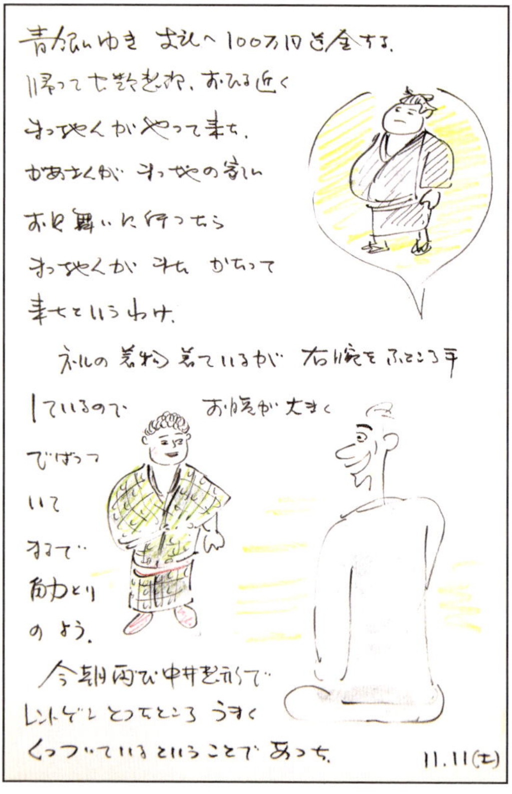

（その翌日）まーちゃんがやって来た。右腕を懐《ふところ》手《で》しているので、お腹が出っ張って角力《すもう》とりのよう。レントゲンとったところ、うまくくっついているとのことであった。

教え子は45歳

かあさん、クラス会で冷やかされる

昭和54年1月7日

黒板に、オレの名前を書いてたって？　先生が授業中にナア。

教え子のクラス会に招待されたかあさんが、５時すぎ帰宅した。かあさんは私と結婚する前、１年半ばかり小学校で教べんをとり、当時４年生を担当した。この日、教え子17人が来てくれたという。彼らは今45才。「先生は私たちに復習させて、自分は一生懸命、竹浪正造《まさぞう》、竹浪禮《れい》と書いていたよ」（と、冷やかされたそうだ）。

こちらが私の恋人です！

お相手は「着物」でした

昭和54年1月26日

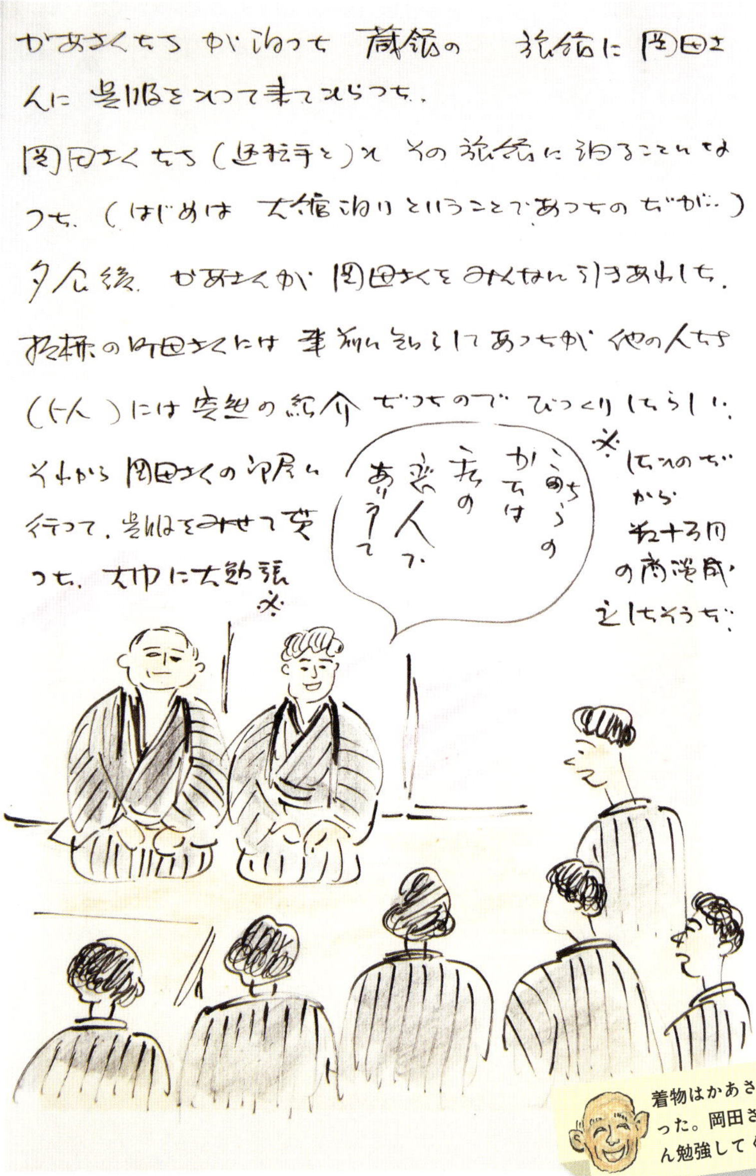
こっちのかたは私の恋人でありまして

着物はかあさんの恋人だった。岡田さんもずいぶん勉強してくれたもンだ。

かあさんたちが泊まった旅館に、（京呉服屋の）岡田さんが呉服をもって来てくれた。岡田さん（と運転手）もその旅館に泊まる。夕食後、かあさんが岡田さんをみんなに引きあわせた。突然の（「私の恋人」という）紹介で（みんな）びっくりしたらしい。岡田さんの部屋で呉服をみせてもらった。

屋根がふっとんだ!?

まんまとかつがれる

昭和54年3月31日

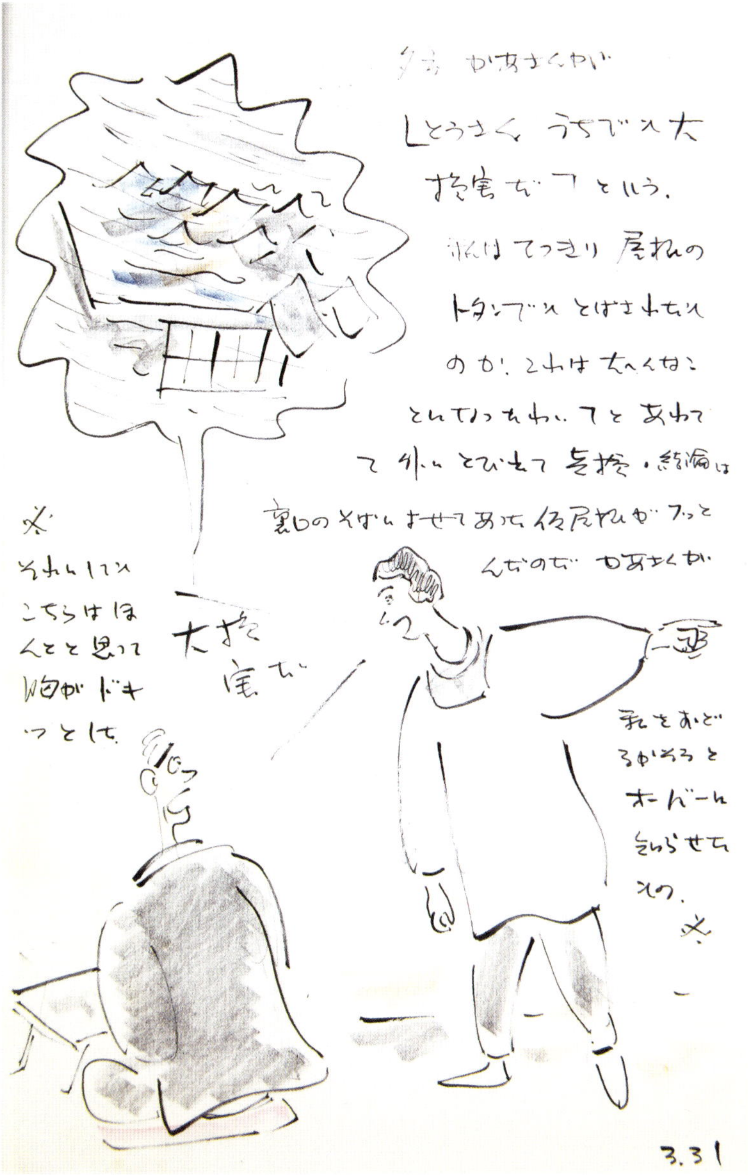

かあさんが「うちでも大被害だ」という。私はてっきり「屋根のトタンでもとばされたものか、これは大変なことになったわい」とあわてて外にとび出て点検。結論は裏口のそばによせてあった仮屋根がフッとんだのだ。かあさんが私をおどろかそうと、オーバーに知らせたもの。こちらはほんとと思って胸がドキッとした。

かあさん、おかんむり

ここは謝っておくのが円満の秘訣

昭和55年2月14日

夕べは冷えていたので 水道が凍っては大へんと 温水器の蛇口のあるところを 少しあけて水を流しておいたのだが
なんと その流し場 水もれしていたのだから
水が板の間にも流れ出し 凍って かあさんから
またも大目玉を頂戴する
私は流し場がひびわれてもれている
ということは 思わなかったのである
流しの下の戸だな
ガス台の下 水だらけなので
これを掃除するに大へんなんだという 善意のつもりが失敗
2.14

夕べは冷えていたので水道が凍っては大変と、温水器の蛇口を少しあけて水を流しておいたのだが、なんとその流し場、水もれしていた。水が板の間にも流れ出し、凍って、かあさんからまたも大目玉を頂戴《ちょうだい》する。水だらけなのでこれを掃除するのは大変なんだという。善意のつもりが失敗。

ある春の日

山菜は、よく採りにいきました

昭和55年5月24日

畑の中を西に行って次の林に入る。ここには細い野わらびが群生している。これでも とらぬよりはましだと とりあさる。11時になったので もって来た おにぎりを食べる。近くの畑の中の井戸から水を汲んで飲む。さすがに山の水だけあって冷い

山菜より見つけるのが難しいキノコも、宝探しみたいで楽しいヨ。

畑の中を西に行って、次の林に入る。ここには細い野わらびが群生しているので、採りあさる。11時になったので、もって来たおにぎりを食べる。近くの畑の中の井戸から水を汲んで飲む。さすがに山の水だけあって冷たい。井戸にはバケツがあるが、汲みあげるには要領がいる。

隣のストーブは赤い

もっと暖かいはずなのになァ

昭和55年12月27日

買ってきた 小型の石油ストーブを初めて使ってみる。説明書を読みながら 点火となる。
ところが 点火しない。電池のつなぎが間違って
いたのである。今度は点火した。しかし。
あまり暖くない。他所の家のは
もっと暖い筈だとかあさ
んは言う。かあさんは他所
で使われているのをみて ほしくなったのである。
よそのは
もっと燃えて
あたたかい
感じ
がするんだが
なァ
隣の芝生は青く見えるもンだからの。
12.27

買ってきた小型の石油ストーブを、初めて使ってみる。説明書どおりに操作して、点火OKとなるはずのところが点火しない。電池のつなぎ方が間違っていたのである。今度は点火したが、あまり暖かくない。他所《よそ》の家のはもっと暖かいはずだとかあさんは言う。かあさんは他所で使われているのをみて、ほしくなったのである。

かあさんのマッサージ

昭和56年2月某日

かあさんの荒治療。背中や肩をふんづけてくれというのである。せっかく病院からもらってきて飲んだくすりもさっぱり効果なく、夕べは満足に眠られなかったそうだ。

後から効くというけれど

昭和56年2月23日

今度はかあさんが私にやってくれたが、なんと痛いこと。「後から効き目がある」というが、夕方になって右の腕がはれあがり、かえって悪くなった感じ。

ありがた迷惑？

車内で知人相手に荒療治

昭和56年3月3日

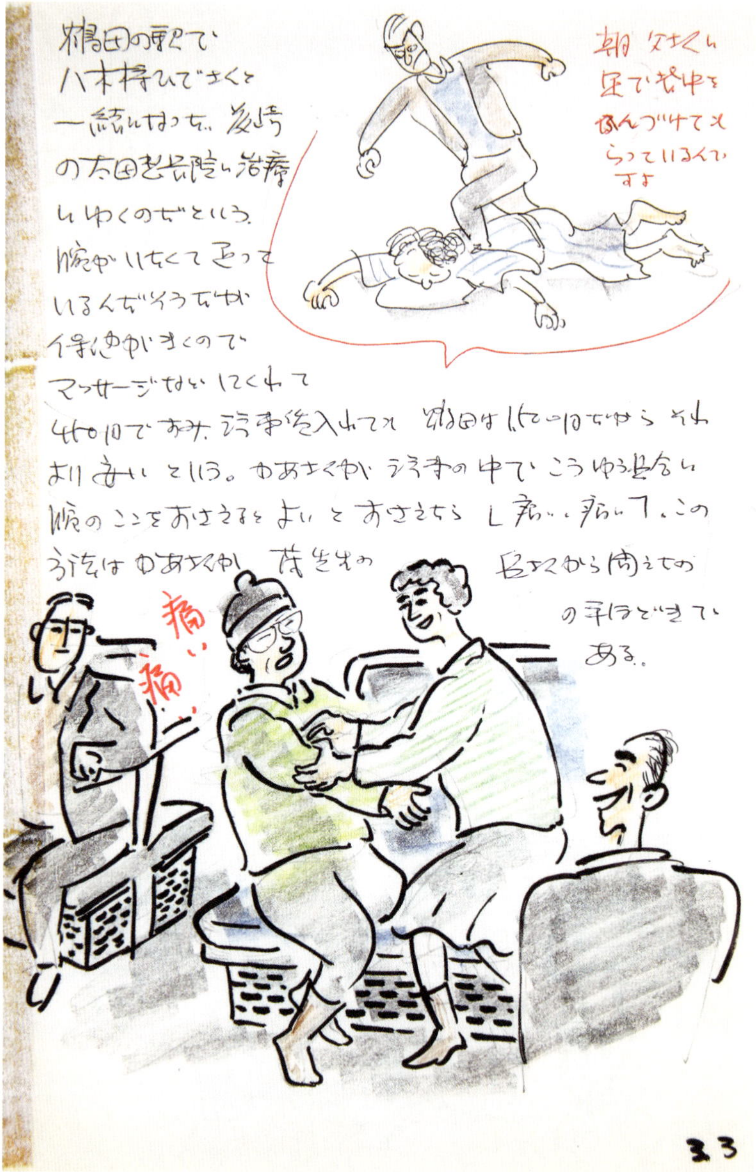

鶴田の駅で八木橋ひでさん（私の小学校時代の同級生）と一緒になった。整骨院に治療にゆくのだという。腕が痛くて通っているんだそう。かあさんが汽車の中で、こういう具合に腕のここをおさえるとよいとおさえたら、「痛い、痛い」。

あられもない姿

女ターザンに挑戦した挙句

昭和56年5月5日

鉄ロープ渡り…
かあさん　あられもない姿を披露

スカートがめくれたんだなァ！

（アスレチックにて）鉄ロープ渡り。かあさん、あられもない姿を披露。

風流な夜

いい句が浮かびそうだ

昭和56年7月15日

あみ戸に ホタルが二匹。
都会では 絶対見られない。

この頃はまだ、家の前に澄み切った小川が流れていたからの。

あみ戸にホタルが二匹。都会では絶対見られない。

若返りの秘訣

息子の体操着を着れば若返る!?

昭和56年8月2日

正浩はもう結婚して家を出たのに、よくこんなものが残っていたナ！

今日は老人クラブの運動会。10時から鶴中のグラウンドとなっている。私は選手を拝命。かあさんが、正浩（長男）の高校時代に使用したシャツと半ズボンを私に着せる。なんだか若返ったみたいである。おにぎり２つ持ち、麦ワラ帽子をかぶって９時40分頃出かける。

前歯ガポロリ

上くちびるで隠せと言われても……

昭和56年12月15日

昨日、歯科でくっつけてもらった前歯が、朝食とったらまたポロリ。まことに困った次第である。体裁が悪い。かあさん「とうさんはそれでも上くちびるで隠せるから、そんなに気にすることないよ」というが、気にしないわけにいかない。

苦しい言い訳

かあさんにしか似合わない着物!?

昭和57年2月7日

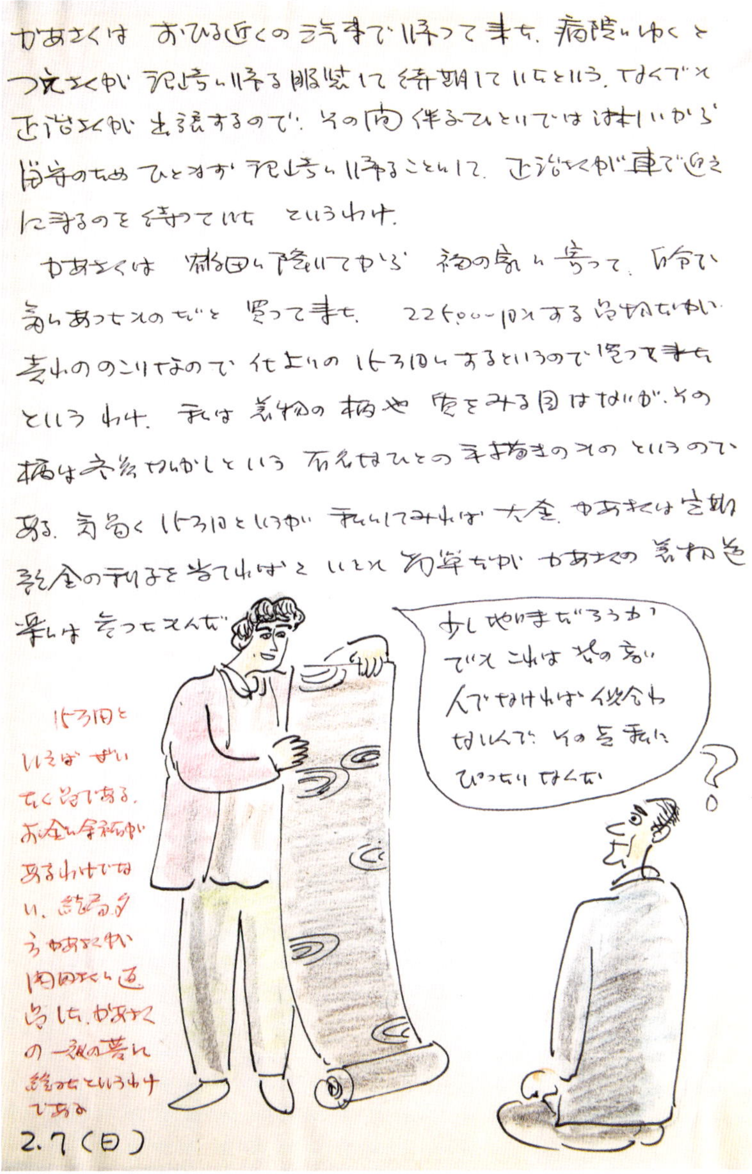

「少し地味だけど、これは背の高い人でなければ似合わないんで、私にぴったりなんだ」と、かあさんが着物を買って来た。225,000円もする物が150,000円になったという。なにがしという有名なひとの手描きだとか。気安くいうが私にしてみれば大金。結局、夕方かあさんが岡田さんに返品した。一夜の夢に終わったというわけ。

戦友からの手紙

部下を捨て逃亡した私は、今もなお……

昭和57年6月14日

香川県善通寺に住む長崎行雄氏から手紙が来た。終戦当時 私の部下であったらしいが 私には今は全く記憶がないのである。その外 戦友の住所氏名 8人を書いてあるが これも全然思い出せないのである。私は部下を捨てて逃亡したのだが どうなったのかと今も慚愧の念いっぱいである。
竹浪中尉殿
長崎軍曹
彼には早速返事を書いて送った。
6.14

ずっと気にかかっていたが、部下も後から無事帰ったと聞いてホッとした。

香川県に住む長崎行雄氏から手紙が来た。終戦当時、私の部下であったらしいが私には、今は全く記憶がないのである。その外、戦友の住所氏名８人を書いてあるが、これも全然思い出せないのである。私は部下を捨てて逃亡したのだが、どうなったものかと今も慙《ざん》愧《き》の念いっぱいである。彼には早速返事を書いて送った。

あえて知らんぷり

いったいどこから入ったの？

昭和58年3月1日

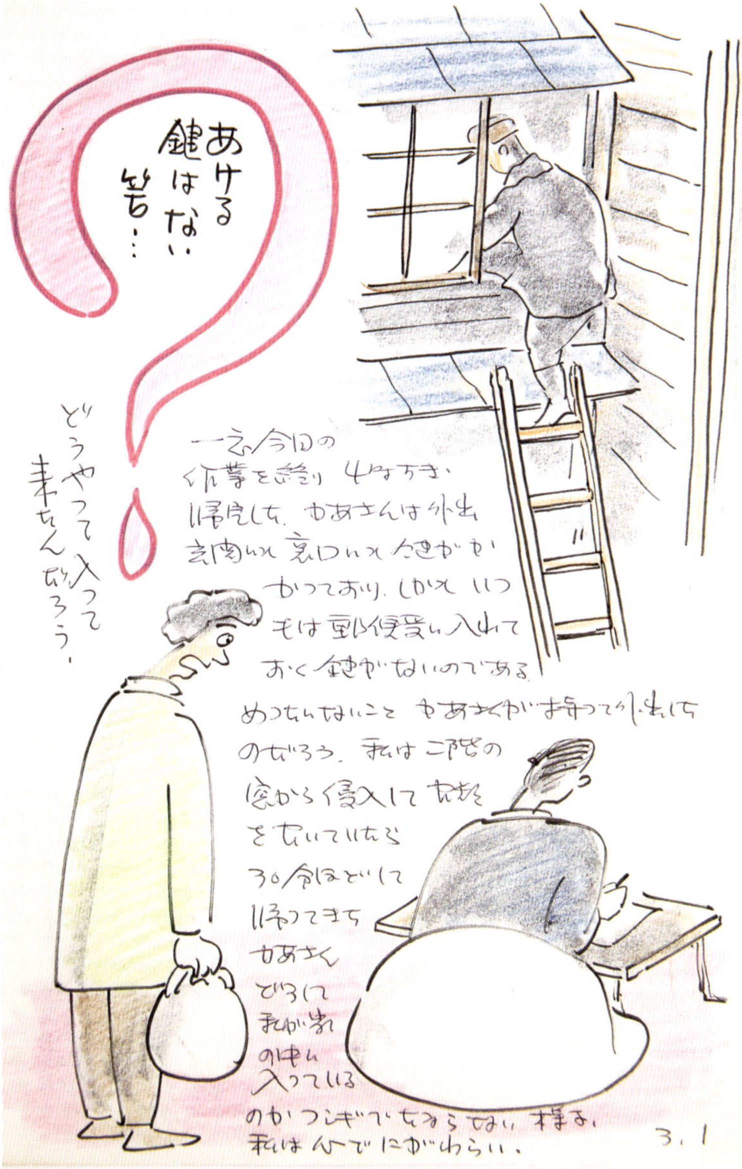

あける鍵はない筈…
どうやって入って来たんだろう。
一応今日の作業を終り 4時すぎ帰宅した。かあさんは外出 玄関にも裏口にも鍵がかかっており、しかもいつもは郵便受に入れておく鍵がないのである
めったにないことかあさんが持って外出したのだろう。私は二階の窓から侵入して書類を書いていたら30分ほどして帰ってきたかあさんどうして私が家の中に入っているのかフシギでならない様子。私は心でにがわらい。
3.1

４時すぎ帰宅した。かあさんは外出。玄関にも裏口にも鍵がかかっており、しかもいつもは郵便受に入れておく鍵がない。かあさんが持って外出したのだろう。私は二階の窓から侵入。書類を書いていたら、30分ほどして帰ってきたかあさん、どうして私が家の中に入っているのかフシギでならない様子。私は心でにがわらい。

北国のミニスカート

風邪をひかねばよいが……

昭和58年3月12日

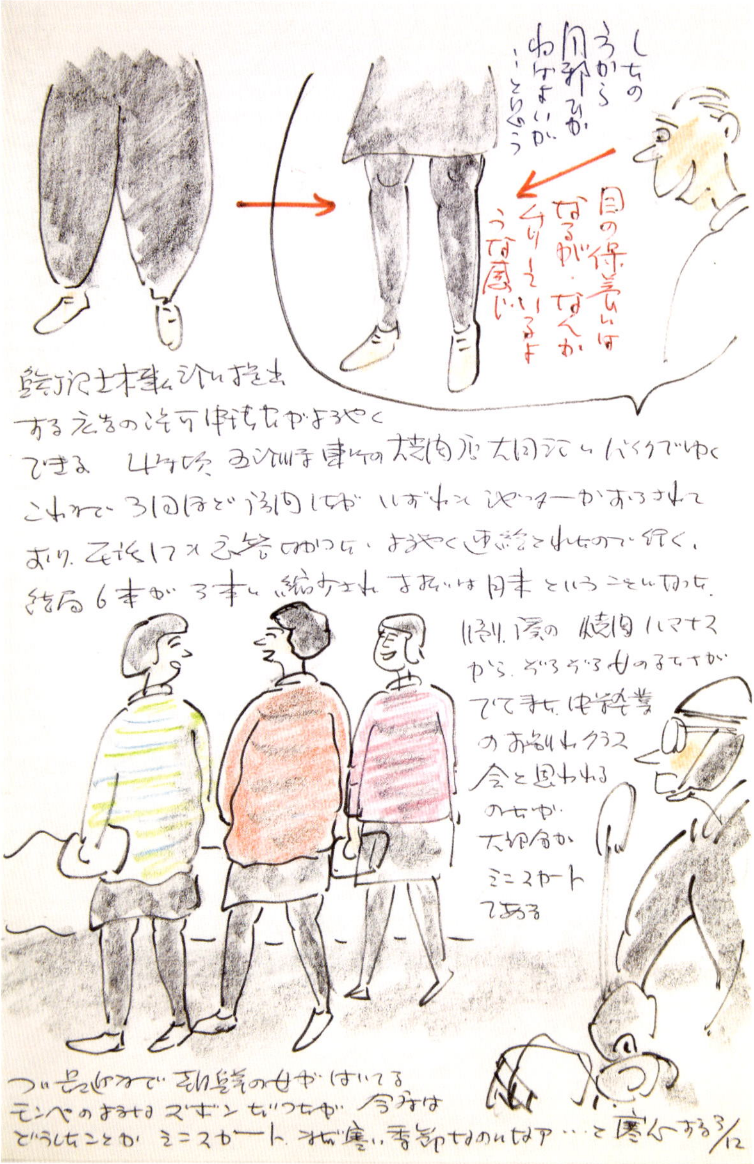
帰り道の 焼肉ハマナス
から ぞろぞろ女の子たちが
でてきた 中学卒業
のお別れクラス
会と思われる
のだが
大部分が
ミニスカート
である
つい最近まで朝鮮の女がはいてる
モンペの様なズボンだったが 今度は
どうしたことか ミニスカート まだ寒い季節なのになァ…と寒心する 3/12

帰り道、「焼肉ハマナス」から、ぞろぞろ女の子たちが出て来た。中学卒業のお別れクラス会と思われるのだが、大部分がミニスカートである。つい最近まで朝鮮人の女性がはいてるモンペの様なズボンだったが、今度はどうしたことかミニスカート。まだ寒い季節なのになァ……と寒心する。

念力より電池を、

ユリ・ゲラーに期待して……した

年4月21日

超能力者のユリ・ゲラーがテレビ出演し、その念力でスプーンを曲げたり、こわれた時計をなおしたり……。かあさんは難聴がなおりはせぬかと期待したが、なんのご利益もなし。私も時計付のペンシル、時計がとまってしまったのでどうかと思ったがダメ。やはり電池を替えなければならないのだ。

9万円の羽根ぶとん

「あなたのために」と言われ、怒るに怒れず

昭和58年6月22日

かあさんは 私の留守中 9万円もの
羽掛フトンを買った。まっちゃんの父さんも茂先生も
着ているから 私にも…と はり込んだのである
今のところ 別に不自由はない。私が在宅していた
のなら 断った筈だ。軽いことは
軽いが なにせ 9万円である。
かあさんは ボーナス貰ったのだから
と あっさりしたものだが ぜいたく品
である
ご気分いかがですか
かけフトン 9万円
しきフトン 3800円
アンバランス
6.22

かあさんは私の留守中、９万円もの羽掛フトンを買った。まっちゃんの父さん（兄）も茂先生も着ているから私にも……とはり込んだのだ。私が在宅していたら断ったはず。軽いことは軽いが、なにせ９万円。かあさんはボーナスもらったからというが、ぜいたく品である。掛フトン９万円、敷フトン3,800円、アンバランス。

日本海中部地震

当時日本海側で発生した最大級の地震でした

昭和58年5月26日

5月26日
日本海大地震
帰宅して びっくり
足の踏み場もない
ほど ろうぜきぶり

地震が起きたのはまっ昼間で、家には誰もいなかったンだ。

5月26日、日本海大地震。帰宅してびっくり。足の踏み場もないほどの狼藉《ろうぜき》ぶり。

名画『二十四の瞳』に涙

朝食の後片付けもせず

昭和59年1月16日

この冬一番の猛吹雪の日. 吹雪は一日中続く.
今日は街に出ても人影もない.
8時40分から テレビで「24の瞳」が上映されこれを
かあさんと見る. 約2時間である. 私はずうと以前に一回
見たことがあった. まさに感動の名映画で. 何回も泣か
された. かあさんも朝食の後片付けもしないで見入って
いた. 時に陽がさすこともあったが, 終日猛吹雪で.
街へはフィルム現像のため一回出たきりで. あとは家
の中にとじこもって
仕上げた.
1.16.

この冬一番の猛吹雪の日。吹雪は１日中続く。今日は街に出ても人影もない。８時40分からテレビで「二十四の瞳」が上映され、これをかあさんと見る。私はずっと以前に１回見たことがあった。まさに感動の名映画で何回も泣かされた。かあさんも朝食の後片付けもしないで見入っていた。家の中にとじこもって１日を過ごす。

第4章

2人の絆

～介護とともに昭和が終わる～

昭和60（1985）年2月～62（1987）年9月／66～69歳の頃

昭和60（1985）年	筑波で科学万博開催／豊田商事事件／日航ジャンボ機、御巣鷹山に墜落
昭和61（1986）年	スペースシャトル・チャレンジャー号爆発／ハレー彗星大接近／チェルノブイリ原発事故／伊豆大島の三原山大噴火で全島民に避難命令
昭和62（1987）年	国鉄分割民営化／東京株式市場、史上最大の暴落

絵日記に描いた闘病生活

わ（私）にとって昭和の終わりといえば、家内の介護で終わったようなもンだ。病名は「大動脈弁閉鎖不全」、つまり心臓から送られる血が、弁の故障によって一部逆流するという難病だったわけサ。

発作を起こして苦しがるときは、神にでも仏にでもすがりたい気持ちだったナァ。でも、何を唱えりゃいいのか分からねェ。せめて背中さすってやることくらいしかできねぇガら、まったくやりきれない気持ちだった。

じつは今でもずっと、悔やまれてしょうがないことがあるンだ。かあさんが亡くなる数日前、わ（私）は病床で遺言を聞いたり、祭壇用の写真はどれを使えばよいかと聞いてしまったンだ。「酷なことしたナァ」って、申し訳なく思うのサ。いつかかあさんに逢えたら、謝らなきゃや。それでは、昭和60年から62年にかけての絵日記をひもとくがらの。

寅さんが大好き

テーマソングまで録音しようとした

昭和60年2月3日

9時から NHKTV
「寅さんは生きている。山田洋次の
世界」が放映
かあさんは きっと テーマソングが
入るから…と 再びテープレコーダを
持ち出す 49分に亘るこの中で
テーマソングは ほんの チョッピリ
だけであった
近作の「男はつらいよ」の撮
影風景など紹介され
テーマソングは、かあさんが寅さんの扮装をしたときに流すんだ。

9時からNHKTV「寅さんは生きている。山田洋次の世界」が放映。かあさんはきっとテーマソングが入るから……とテープレコーダーを持ち出すが、テーマソングはほんのチョッピリであった。近作「男はつらいよ」の撮影風景など紹介。先日私もかあさんも見た映画なので、あのときのあの場面だ……とカンガイひとしきり。

青森駅は蚊帳《かや》の外

新幹線はまだ青森に来てくれない

昭和60年3月14日

東北新幹線、上野乗り入れ!!
沿線の大さわぎにひきかえ 青森駅はヒッソリ
他人のさわぎを うらめしく ながめる 情けなさ
祝
新幹線
上野乗入れ
上野行
今年はついに東北新幹線の「グランクラス」に乗った。乗り心地いいナア。
3.14

東北新幹線、上野乗り入れ!!　沿線の大さわぎにひきかえ、青森駅はヒッソリ。他人のさわぎをうらめしくながめる情けなさ。

長男の家で炊事当番

食器洗いは手馴れたものだ

昭和61年11月16日

この頃は妻が具合を悪く
していたから、自分の家
でも毎日やっていたのサ。
11.16

（埼玉に住む長男正浩の家で、みんな出かけ、）私とかあさんだけ居残り。私は食器洗い。家族６人に私たちが加わり食器が山もり。三度三度洗っている春枝（正浩の嫁）の労働が思いやられる。私は家で食器洗いしているので苦にならない。男は台所仕事するものでないと言われてきたが今は男女同権。正浩も休日は料理する。

初めてのバレンタイン

ひとつもらうと、もっと欲しくなる

昭和62年2月14日

良子《よしこ》（次女）からチョコレートが届き、早速電話する。チョコレートをもらったのは今日が初めて。私が電力勤務当時、こんな風習はなかった。それにしても聖子《しょうこ》（長女）は何してるのか。「チョコレートのひとつぐらいプレゼントしてもよいはず」と、半ば冗談で電話しようとしたら……。

そんな矢先、郵便が聖子母娘連名で届けられたのである。

会社勤めしていた頃は、義理チョコなんていう風習はなかったなァ。

台所が料理教室に

かあさんに〝湯引き〟を教わる

昭和62年3月3日

そんなこともあったか？思い出せないものばっかりだァ！

かあさんが鯛を料理する。魚をおろすことは、私はやったことがない。もったいないので今夜は半身だけさしみにして、あとは冷凍することにした。鯛の切り身を串にさし、皮の部分に熱湯を注ぐとやわらかくなって食べられるんだという。何回も食べたことはあるが、こんな風に皮をやわらかくするんだとは思ってもいなかった。

ひとり寝の夜

心配で眠れなかった

昭和62年4月10日

夕べは久しぶり ひとり寝 かあさん どうしたかと眠れない。朝 病院へゆく。付添の人が11時までテレビを見ていたし 患者のうなり声がうるさくて 夕べは全然眠れなかったという。
吸入器をかけたためか 今朝はせきはしなかった。院長が酸素吸入はダメだと又念を押されたそうだ。それにしてもこんなにうるさい患者と同室では かえって身体をこわすようなものだ。
午前中

それまでも入退院を繰り返していたが、いよいよ悪くなってしまったンだ。

（前日、かあさんが入院した。）夕べは久しぶり、ひとり寝。かあさんどうしたかと眠れない。朝、病院にゆく。（かあさんも）夕べは全然眠れなかったという。吸入器をかけたためか、今朝せきはしなかった。

それは日記ものだ！

うれしいできごとをかあさんに報告

昭和62年4月17日

快晴　9時すぎ　病院に行って来たあと　家のまわりの
草とりする　枯葉などは　あつめて処理した。
子どもを　だっこ　に　表を通りかかった　嫁
さんが「今日は」と声をかけた。この嫁さんは　近所の人たちに　声
をかけることは　めったにない。勿論　殆ど　家の中で、外に出歩
くことも　少い。いつぞや　子どもを　つれて出て来たので　私が声
をかけてやったことがある。しかし　そのあと　道路で会っても　向うから
声をかけることはなかった。それが　私を見
て　勿論視線が会ってのことでない　挨
拶したのである。かあさんに話したら　それは日
記ものだという。それにしても　よいことだ。
こんにちは…

かあさんはいつも絵日記のネタを一緒に考えてくれたのサ。

快晴。子どもをだっこして通りかかった近所の嫁さんが「こんにちは」と（私に）声をかけた。（彼女は自分から）声をかけることはめったにない。出歩くことも少ない。いつぞや私が声をかけてやったが、その後も声をかけられることはなかった。かあさんに話したら「それは日記ものだ」という。それにしてもよいことだ。

風呂と笑いは清涼剤

1日の疲れも吹っ飛んだ

昭和62年4月17日

「中にタオル入れないで下さい」というのが「ない」が消えてしまっているので「中にタオル入れて下さい」と読まれる。風呂から上ったら 風呂屋さんの奥さんが 喜一のかっちゃと話していたので、そのことを知らしたら アレアレと大笑いした。
中にタオル入れ　で下さい
4/17

（銭湯にて。）「中にタオル入れないで下さい」の「ない」が消えてしまっているので、「中にタオル入れて下さい」と読まれる。風呂から上ったら、お風呂屋さんの奥さんが（ご近所の）喜一のかっちゃと話していたので、そのことを知らしたらアレアレと大笑いした。

病院に泊まる

暇をみて眠らないと身体がもたない

昭和62年4月22日

かあさんの具合が悪いので、今夜は初めて病院に泊まることにした。寝たままのかあさんの口に、おかゆを入れてやる。箸《はし》なのであまり上手に運べない。こんな具合に食べさせるなんて初めてのことだ。

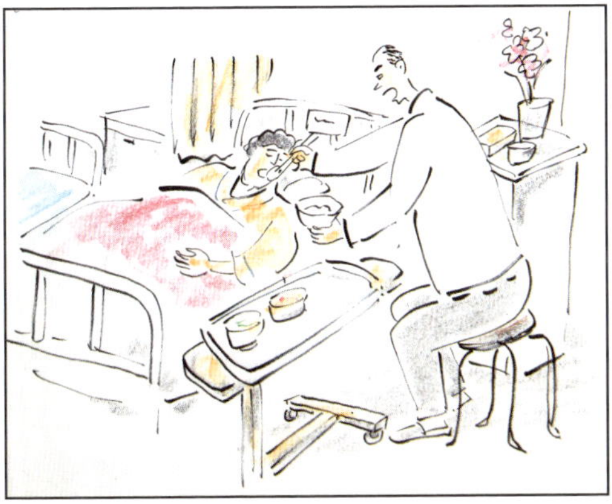

厚くて重い掛フトンには参った。同室の患者が夜中にうなり声をあげる。かあさんが苦しみ出し看護婦を呼ぶ。こんなことでひと晩眠れず、ようやく明け方トロトロ。付添いは大変だ。暇をみて眠るようにしなければ身体がもたないことを痛感した。

タコのアタマをせがまれて

「お安い御用！」と駆け回った結果……

昭和62年4月23日

タコのアタマは柔らかくて食べやすいからの。

かあさんはタコのアタマを食べたいという。魚屋をさがし回った。そして６軒目でようやく手に入れた。アタマひとつ268円であった。調理してもらって、夕食時かあさんに食べさせたが、日数がたったものだけに鮮度がなく、不味《まず》いので、生醤油《きじょうゆ》で煮直してほしいということであった。

病室でまんが絵日記
どんなときも一途に描き続ける

昭和62年4月28日

看護の合間をみて、せっせと日記を描く。こうもしなければたまる一方である。新聞もろくろく見ていない（ましてテレビはほどんど見ることがない）。このごろは病院内の記載だけで風刺マンガが描けないのが残念である。川柳の課題もあり、枕元にメモ紙を置いてるのだが、なかなか名作がうかんでこない。

トイレ介助

愛はきれいごとだけじゃすまない

昭和62年4月30日

かあさんが部屋に備え付けられた便器におしっこするという。やっとの思いでベットから降ろして用を足させる。終わったので、ベットに返そうとするが、骨の関節がなくなったみたいにダラーとなって、手に負えない。50kgでは私ももてあます。

それでもどうにかドターンとベッドに転がしてひきあげた。その途端、おしっこやったものだから、あたり一面おしっこが流れ、大急ぎで看護婦を呼んで始末してもらった。看護婦に「あと2日の生命だ」と、情けないことをいう。

容態悪化

救急車で別の病院へ移る

昭和62年5月6日

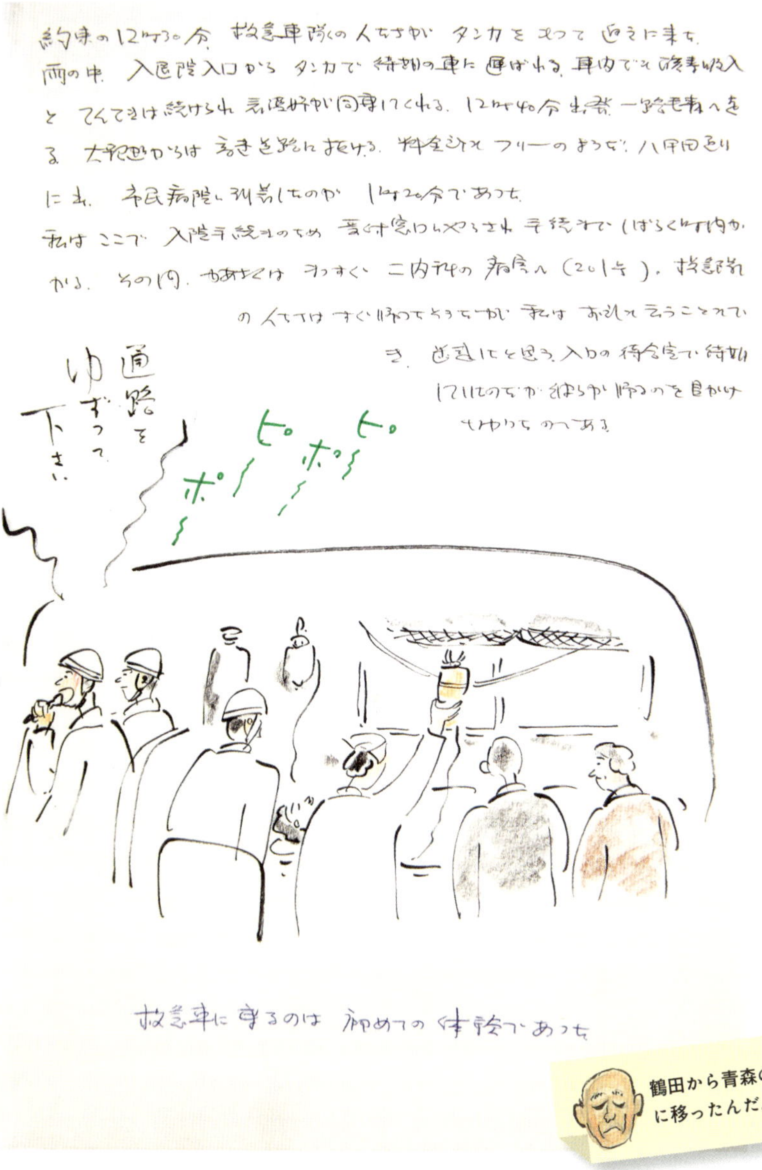
約束の12時30分 救急車隊の人たちが タンカをもって迎えに来た
雨の中 入院棟入口から タンカで 待機の車に運ばれる 車内でも酸素吸入
と てんてきは続けられ 看護婦が同乗してくれる 12時40分出発 一路青森へ走
る 大釈迦からは 高速道路に抜ける 料金所も フリーのようだ 八甲田通り
に出 市民病院に到着したのが 1時20分であった
道路を ゆずって 下さい
ピーポー ピーポー
救急車に乗るのは 初めての 体験であった

鶴田から青森の市民病院に移ったんだ。

（信じたくないが、かあさんの生命ももはや風前の灯と覚悟する。本人も先が長くないことは覚悟しているようだ。病院を移ることが決まり、）救急車隊の人たちが担架《たんか》をもって迎えに来た。12時40分出発、一路青森へ走る。大釈迦《だいしゃか》からは高速道路に抜ける。料金所もフリーのようだ。市民病院に到着したのが１時20分であった。

男のサガ

どうしても気になってしかたない

昭和62年5月9日

私は 床に フトンを 敷いて 寝た
夜中に 何回も 看護婦さんが 巡回し
てくれた
看護婦の アンヨが 目の上に チラツキ
不謹慎だが パンティが のぞかれ
はしないかと 望み ハカナみ抱いたが
これは ダメであった

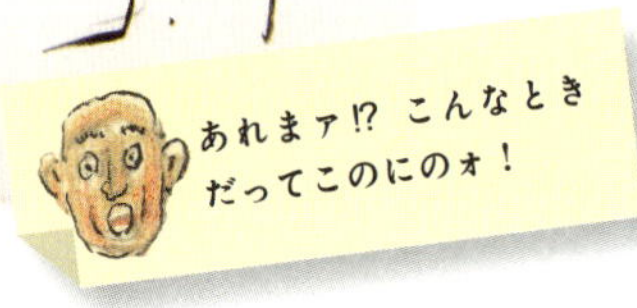

あれまァ⁉ こんなとき
だってこのにのォ！

（隣のベッドが埋まってしまったので、）私は床にフトンを敷いて寝た。夜中に何回も看護婦さんが巡回してくれた。看護婦のアンヨが目の上にチラツキ、不謹慎だがパンティがのぞかれはしないかとハカナイ望みを抱いたが、これはダメであった。

少しでもラクになるなら

できることは何でもしてやりたい

昭和62年5月13日

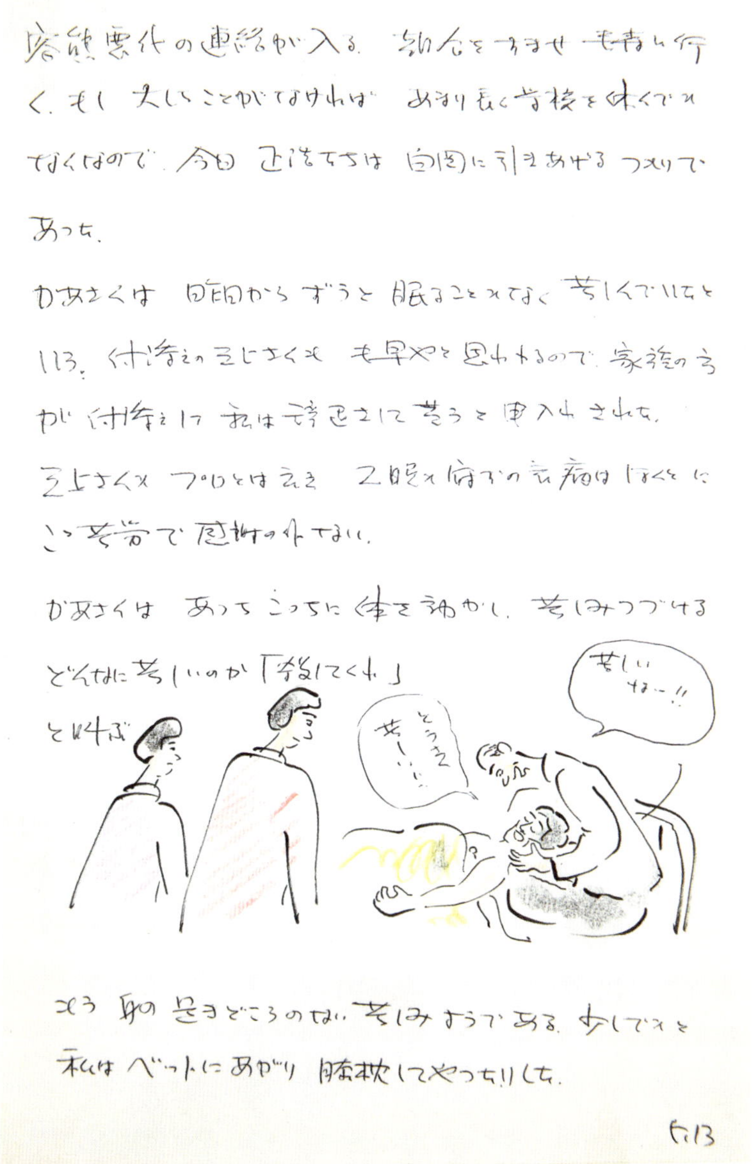

容態悪化の連絡が入る。
かあさんは 昨日から ずうっと 眠ることもなく 苦しんでいたという。
かあさんは あっち こっちに 体を動かし 苦しみつづける
どんなに苦しいのか「殺してくれ」と叫ぶ
とうさん苦しい…!!
苦しいなー!!
もう 身の置きどころのない 苦しみようである。少しでもと
私は ベットにあがり 膝枕にしてやったりした。
5.13

容態悪化の連絡が入り、青森（の病院）に行く。かあさんは昨日からずっと眠ることなく苦しんでいたという。かあさんはあっちこっちに体を動かし、苦しみつづけ、「殺してくれ」と叫ぶ。もう身の置きどころのない苦しみようである。少しでも（ラクになるなら）と、私はベッドにあがり、膝枕してやったりした。

命をつなぐ蜘蛛《くも》の糸

この苦しみから解放してやりたい

昭和62年5月13日

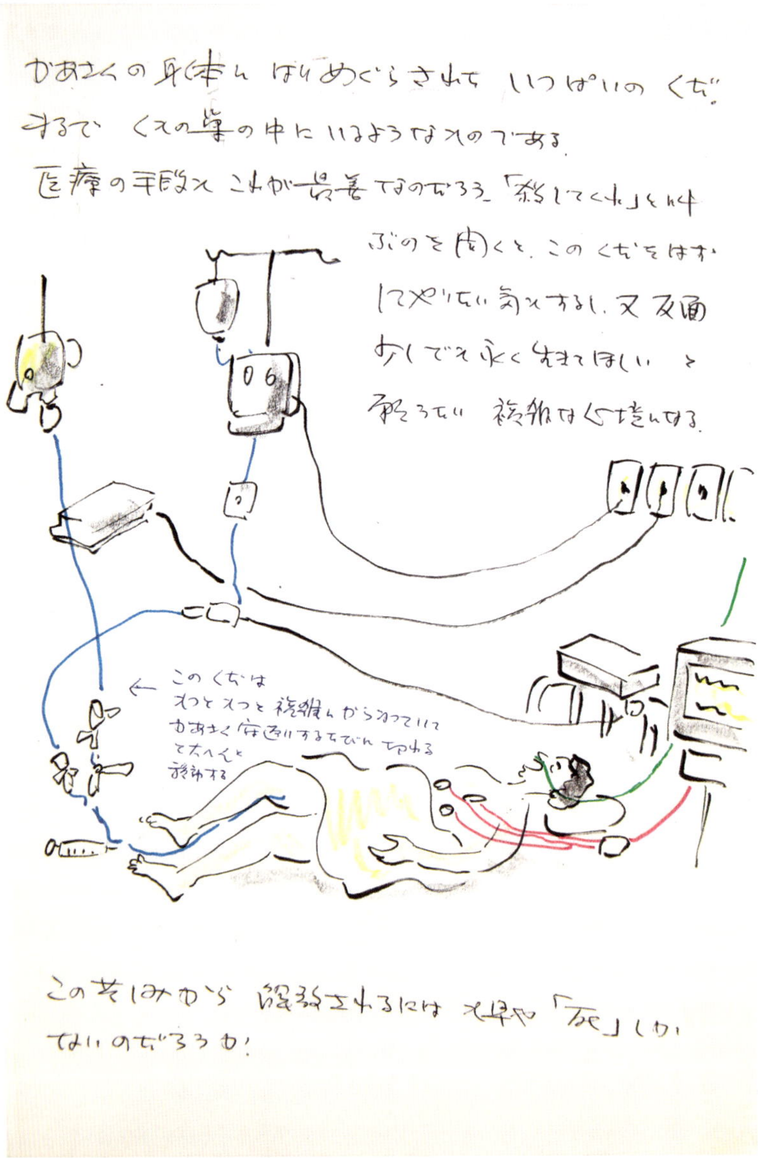

かあさんの身体にはりめぐらされた、いっぱいの管。くもの巣の中にいるようなものだ。医療の手段もこれが最善なのだろう。「殺してくれ」と叫ぶのを聞くと、管をはずしてやりたい気もする。反面少しでも長く生きてほしいと願ったり、複雑な心境になる。この苦しみから解放されるには、もはや「死」しかないのだろうか。

最期の瞬間

2年間の看病の末に

昭和62年5月13日

5月13日午後2時10分
2年間も看病したから、
今さら泣いたってしょう
がないって思ったンだ。

かあさんは苦しみ通しだった。心電図の表示板に赤ランプが点滅し、アレアレと見てるうち、急にくたっとなってしまった。医師と看護婦がかけつけ人工呼吸するが、それが最後だった。５月13日午後２時10分。61才７ヶ月の生涯をとじる。聖子（長女）、春枝（長男正浩の嫁）がワッと泣き出す。私は泣くのをこらえた。

かあさんと最後の夜

おれより先に逝くなんて

昭和62年5月14日

人生に別れはつきものだが、長寿の現代からすれば20年早い死だったナ。

（かあさんの遺体を家に連れて帰ってきた。）夜はかあさんのそばにフトンを敷いて寝る。ほとんど眠れなかった。正浩は聖子母子を青森に迎えにゆき、このあと弘前に出て、良子（次女）と葉子（良子の長女）をのせて１時半頃わが家に到着した。

今さら惚れ惚れ

まるで19歳で嫁いで来た頃のまま

昭和62年5月14日

化粧したかあさんの顔はきれいで若返り。
このまま火葬にしてしまうのがもったいない
ようなものであった。

その顔は19才で
私のところに嫁いて来
た当時のままであり
今更ほればれするもの
であった。

最近は往時の面影はなくなってしまったが
東北電力五所川原営業所当時は、社員の
美人奥さんNo.1と言われたものであった。

麻棺はかあさんの身体ギリギリの大きさでようやく
収納できた。サイズがある筈だから葬儀屋は考えるべ
きだと思う。

おしろい付けて、紅付けたら、ホントに娘のようだったよォ。

化粧したかあさんの顔はきれいで若返り、このまま火葬にしてしまうのがもったいないようなものであった。その顔は19才で私のところに嫁いで来た当時のままであり、今更ほれぼれするものであった。最近は往時の面影はなくなってしまったが、東北電力五所川原営業所当時は、社員の美人奥さんNo.1と言われたものであった。

不意の涙

孫のくれた夫婦箸《めおとばし》

昭和62年5月15日

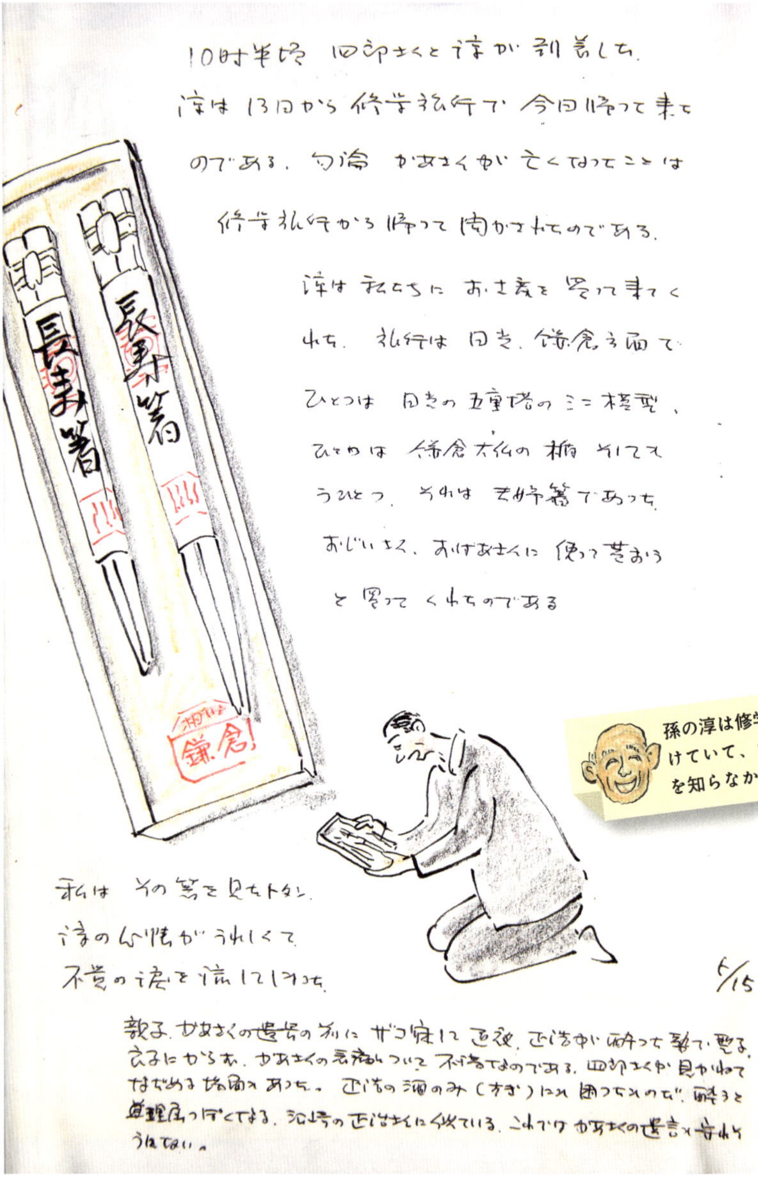
10時半頃 四郎さんと淳が到着した。
淳は13日から修学旅行で 今日帰って来たのである。勿論 かあさんが亡くなったことは
修学旅行から帰って聞かされたのである。
淳は私たちに お土産を買って来てくれた。旅行は日光、鎌倉方面で
ひとつは 日光の五重塔のミニ模型、
ひとつは 鎌倉大仏の楯 そしてもうひとつ、それは 夫婦箸であった。
おじいさん、おばあさんに 使って貰おうと 買ってくれたのである
長寿箸
長寿箸
鎌倉
私は その箸を見たトタン、
淳の心情がうれしくて
不覚の涙を流してしまった。
5/15

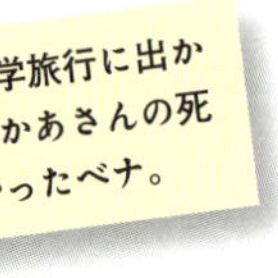
孫の淳は修学旅行に出かけていて、かあさんの死を知らなかったベナ。

四郎さん（良子の夫）と淳《じゅん》（良子の長男・14歳）が到着。淳は修学旅行から今日帰って来たのである。かあさんが亡くなったことは帰って聞かされたのだ。淳はお土産をくれた。夫婦箸であった。その箸を見たトタン、淳の心情がうれしくて、不覚の涙を流してしまった。

弔辞の一節

寅さんの扮装が忘れられない

昭和62年5月15日

弔詞は
婦人会長
吉田さんの弔詞の一節。

消防団の扮装をしたこともあったナア。団長から本物の制服借りてきてサ。

婦人会長、吉田さんの弔辞。「何事にもゆるがせにせずお仕事にうちこまれる熱意と誠実さは誰しも認めております。又、一面ユーモラスな面も。寅さんに扮しセリフをいうあの姿、目に浮かびます。又、高橋竹山《ちくざん》のかっこう。子供用のシャベルを三味線にしてレコードにあわせての動作、誰しもが感動する一場面でした」。

昭和62年5月15日

仏壇のご飯

こんなにたくさんの量を供えるとは

入仏式。円筒型のごはんを３つあげるのだが、ごはんのつめ方がわからない。すると聖子が「私はいつもやっている」と電気釜のごはんに筒をつっこんでいっぱいつめ、押蓋を押してできあがりであった。しかし、毎日こんなにたくさんのごはんをあげると大変ムダになる。ごはんは一日置くとコチコチ固くなってしまうのだ。

奇跡の一致

かあさんの死亡月日は「引揚の記録」を記した月日と同じだった

昭和62年5月15日

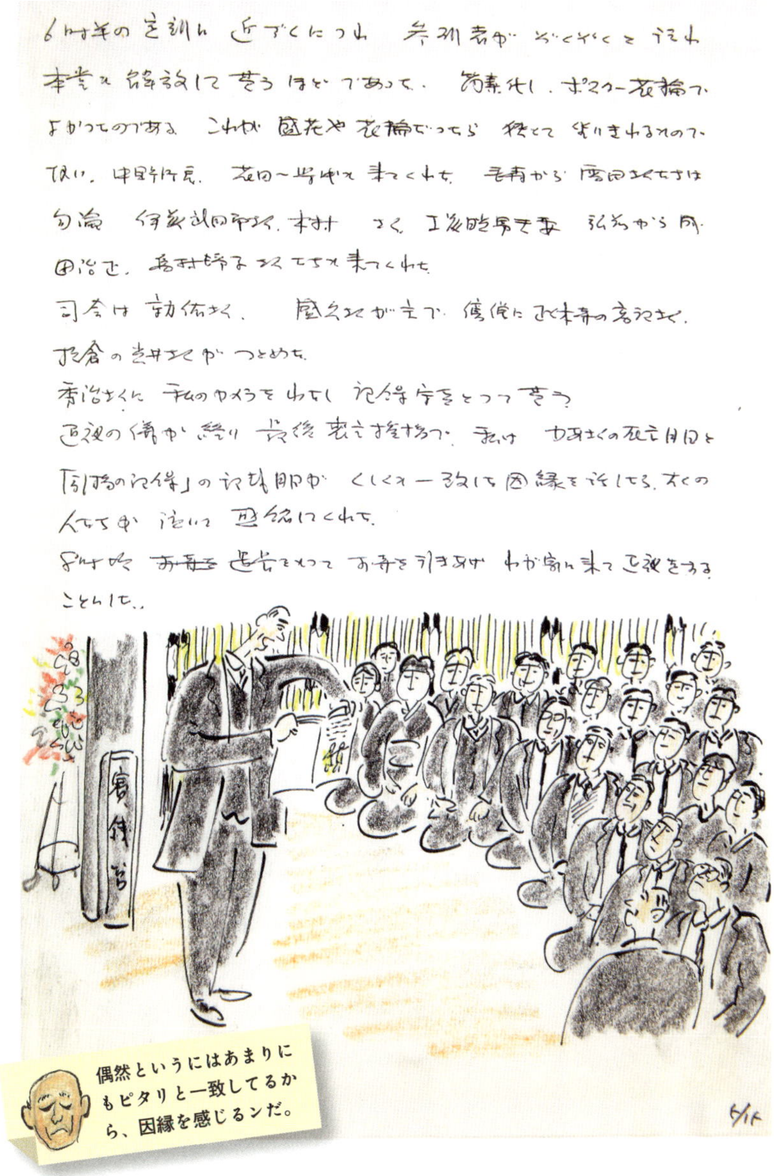
偶然というにはあまりにもピタリと一致してるから、因縁を感じるンだ。

参列者がぞくぞくと訪れ、本堂も開放してもらうほどであった。通夜の儀が終わり、最後の喪主挨拶で、私はかあさんの死亡月日と「引揚の記録」の記載月日がくしくも一致した因縁を話したら、多くの人たちが泣いて感銘してくれた。8時頃、遺骨をもってお寺を引きあげ、わが家に来て通夜をすることにした。

久々の山菜採り
かあさんを思い出して切なくなる

昭和62年5月28日

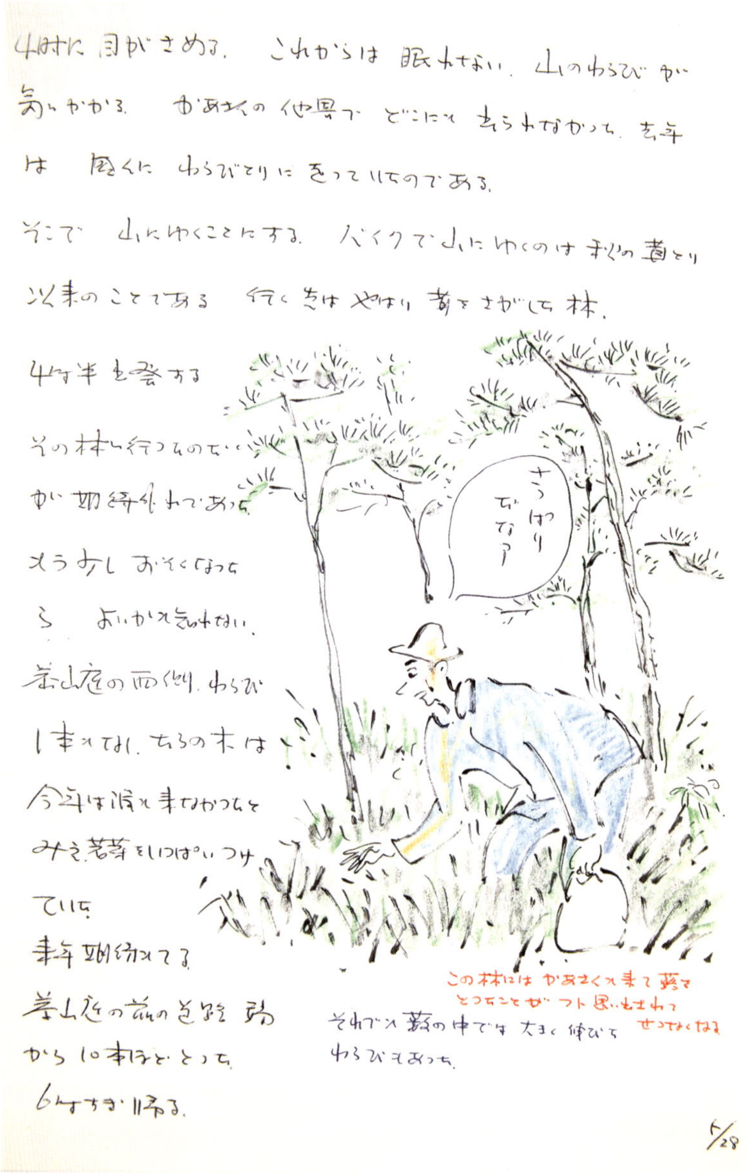

4時に目がさめる。これからは眠れない。山のわらびが気にかかる。かあさんの他界でどこにも出られなかった。去年は盛んにわらびとりに走っていたのである。
そこで山にゆくことにする。バイクで山にゆくのは秋の茸とり以来のことである。行く先はやはり茸をさがした林。
4時半に出発する
その林に行ってみたのだが期待外れであった
もう少しおそくなったらよいかもしれない。
茶山荘の両側、わらび1本もなし。わらの木は今年は消えて来なかったとみえて若葉をいっぱいつけていた。
来年期待する
華山荘の前の道路脇から10本ほどとった。
6時すぎ帰る。
さっぱりだなァ
この林にはかあさんも来て蕗をとったことがフト思い出されてせつなくなる
それでも蕗の中ですっかり伸びたわらびもあった。
5/28

４時に目がさめる。眠れない、山のわらびが気にかかる。かあさんの他界でどこにも出られなかった。去年は盛んにわらび採りに走っていたのである。そこで山にゆくことにする。だが期待外れ。もう少しおそくなったらよいかもしれない。この林にはかあさんも来て蕗《ふき》を採ったことがフト思い出されて切なくなる。

新しい入れ歯

見た目はよいのだが……

昭和62年6月19日

今は頬が痩せてしまって入れ歯がガタガタするけど、慣れたから平気だ。

歯科にゆき、新しい入れ歯をする。今までのは笑っても上の歯があらわれない。今度のは笑うと上の歯が見える。うまくはまって見た目はよいのだが、ものをかむ段になるとどんなものか。案の定、歯がかみあわずぎこちない。それでも日がたつにつれて慣れるのでは……と、あわい期待をもつ。

あばの心

意外な人からのお悔やみ

昭和62年7月19日

午後3時16分のバスで帰った。このバスの運転手は 無愛想で 終始無言であった。
鶴田に降りて、家の方に歩いていたら あばが 家から出て
来たので 声をかけた。あばは 眼が悪いのか 初め 私とは気
がつかなかった様子だったが そのうち わかったのだろう。「とうさんで
ないか。この度は 気の毒したなア。
「数えの62才って。おらア76才だのに、早く死んでまって…」と 涙をこぼし
て 私にしがみつきながら
言ってくれた。
無愛想に見えるので 私は快く思っていなかっ
たのだが あばの気持ちがわかって うれしかった

歩いていたら、近所のあば（おばあさん）が家から出て来たので声をかけた。あばは「この度は気の毒したなァ」「数えの62才って、おらァ76才だのに、早く死んでまって……」と涙をこぼして私にしがみつきながら言ってくれた。あばは無愛想に見えるので私は快く思っていなかったのだが、気持ちがわかってうれしかった。

昭和最後の金環日食

もう2度と見られない（と思っていた）

昭和62年9月23日

このときが最後の機会と思ったら25年後の今年、また見られたのォ！

日蝕観察できる日は25年先という。私があの世に行ってからだ。今日沖縄では金環蝕が見られ、テレビで放映された。まさに世紀の一瞬というところであった。まさに感激の一瞬であった。

2章78ページで再会した藤村宏さんとは、今も手紙のやりとりをしています。私と家内が引き揚げた時のことを振り返り、手紙にしたためてくださいました。

column　恩人からの手紙

引き揚げ時の恩人、藤村さんからの手紙

竹浪さん、その後お体の調子はいかがですか？　くわしい生い立ちの記など、感慨深く拝見しました。奥様が沙里院《しゃりいん》にいらっしゃった理由［18ページ］もよく分かりました。まさに劇的な再会だったと思います。38度線越えで活躍してくれたガソリンカーとの出会い［24ページ］も、本当に運が良かったとしか言いようがありません。沙里院から南下して京城《けいじょう》（現在のソウル）に着くと、私は京城駅の停車場警備隊長を命ぜられました。一方、竹浪さんは「部隊と別れて脱出したい」と言い出します。私はびっくりして再三、引き留めにかかりました。しかし身重の奥さんが一緒なので竹浪さんの決意は堅く、私は出来る限りの協力をする決心をしました。警備隊長の権限で駅長室を占領し、誰にも見られず着替えさせます［33ページ］。軍服や長靴など、軍人らしいものは全部お預かりし、一般の避難民と同じ服装に変装させました。リュックにはお米や乾麺、下着類などを詰め込みます。奥様が一緒なので、より完璧な避難民姿でした。

後で聞いたところでは、竹浪中尉の逃亡を知ったタヌキ少佐［28ページ］はかんかんに怒り、釜山《プサン》憲兵隊に逮捕するよう電報を打ったそうです。無事に帰還し、奥様も安産されたと聞いて、やっと安心しました。

軍隊は「運隊」とも言われます。運命の糸は、どこかで繋がっているのかもしれません。

平成23年1月3日

藤村　宏

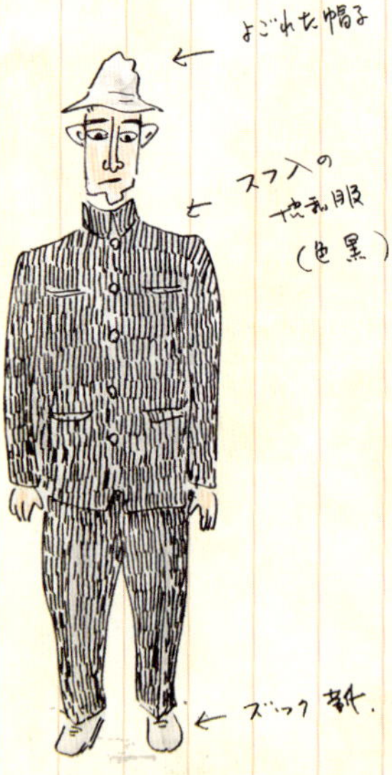

↑駅長室で変装したときの避難民姿

第5章 みんなの笑い声は一番の宝物

昭和63（1988）年1月～平成12（2000）年10月／69～82歳の頃

宴会での圧巻は 宮本弘子一派の ポンポコリン踊り。
このために 衣裳わざわざ作って来たのである。

昭和63（1988）年	青函トンネル開通／瀬戸大橋開通／リクルート事件
昭和64／平成元（1989）年	昭和天皇崩御／消費税（3％）導入／ベルリンの壁崩壊
平成 2（1990）年	国際花と緑の博覧会開催／バブル景気崩壊
平成 3（1991）年	雲仙普賢岳、大火砕流発生／湾岸戦争勃発
平成 5（1993）年	Jリーグ発足／皇太子殿下と小和田雅子さま、ご成婚
平成 5（1994）年	松本サリン事件／米不足
平成 7（1995）年	阪神・淡路大震災／地下鉄サリン事件
平成 9（1997）年	消費税率5％に引き上げ／山一證券が自主廃業
平成10（1998）年	長野オリンピック開催

光り輝く仲間たち

平成元年の記念すべき出来事といえば、「ツル多はげます会」を創設したことだべナ。友人と酒を飲んでいたら、そこにいる4人が4人とも光り輝くハゲ頭だったのサ「148ページ」。ハゲっていうと引け目を感じたりする人が多いンだばて、ハゲは親からもらった大切な個性。そんな話から、周囲の光り輝く人たちに声をかけてメンバーを集めたのサ。それが2月22日、なんと英語読みで「ツルツルツル」の日でねぇガ!! 鶴田町に引っかけても「ツル多」になったべナァ。

それ以来2月22日と、中秋の名月の日に「有多毛《うたげ》」と題して例会をやることにしたンだ。全国のテレビ番組で取り上げられるようにもなって、ちょっとは有名になった。そんな楽しい仲間たちがいることが、ハゲみになってるのサ。

私の再婚話

縁談を持ちかけられる

昭和63年1月19日

省三さんが 明日から学校始まるので 今日午後行きたい と朝電話があった。午後ずうっと待ったが ようやく来たのは 5時半すぎであった。
私は再婚のこと話し ほんとに気に入った相手であればよいが 恐らくそんなひとは現れることないだろうから 女友達でもつくるつもりだと 了解とる。
茶のみともだち
かあさんの荷物がいっぱいあり 再婚のため これを処理するに大へんである。
私だけがまんすればよいことなのだ。
省三さんは お茶のみともだちを作って下さいと ケーキを仏壇に供えて行ったが 早々に ともだちがあらわれる可能性はない
1.19

この後、結婚相談所にも行ったが、いい人には出会えながったァ。

省三さん（かあさんの弟）が縁談を持ってきた。私は「ほんとに気に入った相手であればよいが、恐らくそんなひとは現れることないだろうから女友達でもつくるつもりだ」と話す。かあさんの荷物がいっぱいあり、再婚のためこれを処理するのも大変である。私だけがまんすればよいことなのだ。

スナックで女房孝行

夫婦で酒が飲めて羨ましい

昭和63年1月23日

須郷さんは亡くなり、最上さんも若くして奥さんを亡くしてしまったンだ。

須郷さんが奥さんを呼び、負けじと最上さんも呼んだ。これから夫婦だけで飲みなおしするのだろう。こうした女房孝行も悪くない。私は２夫婦の写真を撮ってやった。かあさんの生前、こんなことをしたのは一回もなかった。私は２夫婦を残して先に引き上げた。

ポマードはやめなさい

娘に「いまどき」とたしなめられる

昭和63年5月29日

朝洗面して アタマにポマードつけようとしていたら
そばで洗たく機を回していた良子が そんなくさいにお
いのポマードつけるのやめなさい とたしなめられた。
今は大てい よい匂いのするヘアトニックが常用されてるよう
で ベトベトのポマードは毛嫌いされてるようらしい。私の
頭は 毛がないから ポマードつけてると かえって いやらしくな
るかも知れないが うしろのマキギリの関係で その部分だけ髪
の毛が立つので
それを直すため
にポマードをつ
けるのだが。
良子は大反
対なの
だ。
洗たく また
ポマード
つけてるの？
5.29

洒落っ気があったもんで、ポマードは欠かせなかったべナ。

朝、洗面してアタマにポマードをつけようとしていたら、そばで洗たく機を回していた良子《よしこ》（次女）に、そんなくさいにおいのポマードつけるのやめなさいとたしなめられた。今はベトベトのポマードは毛嫌いされているらしい。私の頭は髪の毛が立つので、それを直すためにポマードをつけるのだが、良子は大反対なのだ。

はげます会発足の日

光る頭の持ち主が集まり、活動開始

平成元年2月8日

千秋さんが帰ったあと「串昌」の旦那さんが来た 彼も水割りを所望。私となにかといろいろ話しするうち 光頭会をつくろうという ことになった。彼も禿てるのである。沢京さんを会長にしようということまで話になり、2月22日旗上げと決めた 名称も「ハゲます会」とすることなどネ…
2.8

この人たちもみんな、もう亡くなってしまったナァ……。

千秋さんが帰ったあと「串昌」の旦那さんが来た。彼も水割りを所望。いろいろ話すうち、光頭会をつくろうということになった。彼も禿げてるのである。沢京さんを会長にしようということまで話になり、２月22日旗上げと決めた。名称も「はげます会」とする。

年寄りの楽しみ

ヘルパーさんとの語らいのひととき

平成2年1月26日

掃除が終って
話し合いの時間となる
私のようなひとり暮しの男の
年寄りには 女と対話するのが
喜びであり 楽しみなのである
ヘルパーの任務は
多分に、平素
家族友人と
接触のな
い年寄り
たちの
話し相手
になって
やるのも
重要なひと
つである
二人は交々小さい時
の遊びを語った
今の子どもたち は
外で遊ぶということはめっ
たにない。

年寄りにとって話し相手が誰もいない１日は、寂しいもんだや。

（ヘルパーの）掃除が終わって話し合いの時間となる。私のようなひとり暮しの男の年寄りには、女と対話するのが喜びであり楽しみなのである。ヘルパーとしては多分に、平素、家族友人と接触のない年寄りの話し相手になってやるのも重要な任務のひとつである。二人は代わる代わる、小さい時の遊びを語った。

一番モテた人は？

恥ずかしくて顔をあげられない

平成3年7月21日〜22日

仲間たちと北海道旅行。カラオケやダンスで大いにさわぐ。二次会は女たちの部屋に招待される。男性は４人が参加。どんな話が出たのか記憶にはないが、爆笑、また爆笑の連続であった。女たちもこんな雰囲気が好きなようだ。

8時半ホテルを出発。ガイドさんが「夕べの宴会で一番モテた人は……」とマイクで聞くと、「竹浪さんだ」と誰かがいう。「その方は独身なんですか」「そうよ、そうよ」となった。率先してはしゃいだのがウケたのかも知れない。

宴会芸が大ウケ

別の団体さんまでいっしょに大笑い

平成3年7月22日

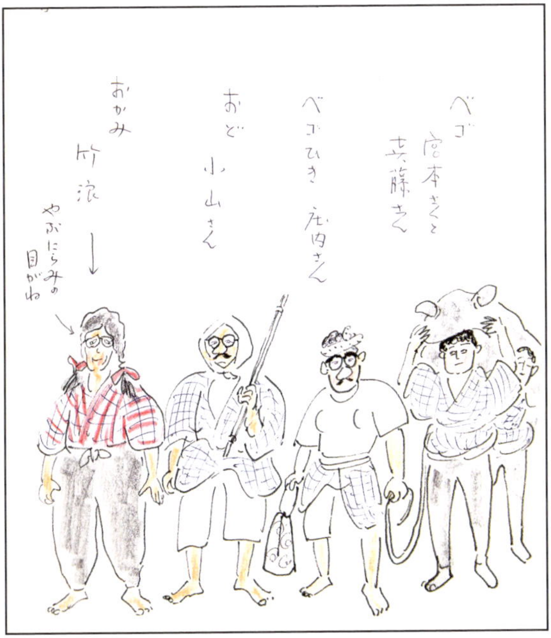
ベゴ
宮本さんと
兵藤さん
ベゴひき
庄内さん
おど
小山さん
おかみ
竹浪
やぶにらみの
目がね

層雲峡プリンスホテルでの宴会で、宮本弘子一座による「東京で牛飼《べご》うだ」のスタッフ。

いよいよ始まったら、場内爆笑。あんまり笑い声が大きいものだから、向かいの座敷で宴会やってる団体さんが「何事か」と見に来て、これまた爆笑。今までこんなに笑ったことがない……と言われたほど。

おら
べご飼うんだ
ベゴクソたれ
たと紙で
お尻拭く
ベゴの胴体
割れてしまって
カツラが
うしろに
移動したので
ナズキの
禿れが丸見え…
大風呂敷

夏の夜の天体観測

お月さまのクレーターがはっきり見えた

平成3年8月17日

英樹さん（かあさん方の甥《おい》）の天体望遠鏡。沼崎からもって来たので、夜それを庭に設置してお月さんを見る。なるほど、月のアバタがよく見える。もっと倍率の（高い）レンズを沼崎に忘れてしまったというが、それでもアバタがはっきり見えるのは大発見であった。子どもたちは花火をやる。これも夏休みの楽しみだ。

人生達観の人物!?

いえいえ、たかが「はげます会」の幹事長です

平成4年4月8日

教官は私を見て「人生を達観してる人物と見る」という。
に見えるのか
幹候時代 どっちかというと
目立たない方であったので
教官は私への印象はゼロ
だったと思う
「人生達観の人物」と言われ恐縮してしまった
4.8

（戦友会の日、）小島教官にビールをついだ。教官は私を見て「人生を達観してる人物と見る」という。たかが「はげます会」の幹事長なんだが、見る人が見るとよっぽどの人物に見えるのか。幹部候補生時代の私は目立たない方だったので、教官は私への印象はゼロだったと思う。ほめられたのに恐縮してしまった。情ない。

何もない1日

バレンタインチョコをくれる人もいなかった

平成5年2月14日

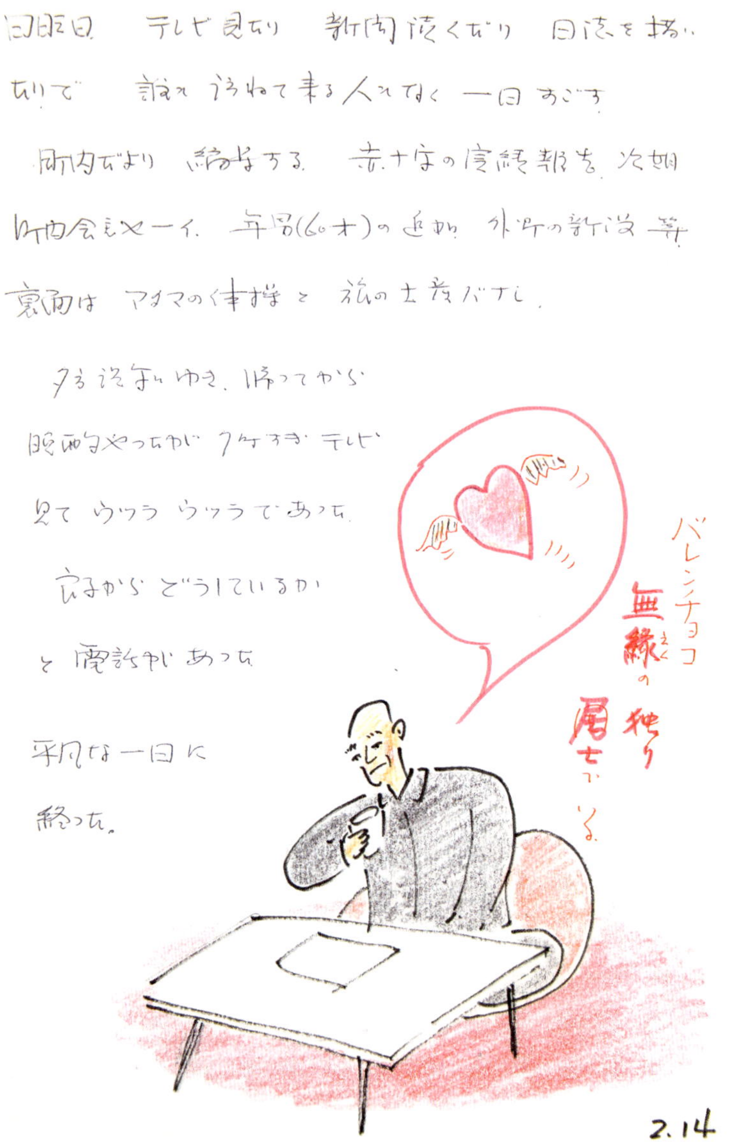

日曜日。テレビ見たり、新聞読んだり、日誌を描いたりで、誰も訪ねて来る人もなく一日すごす。「町内だより」を編集する。赤十字の実績報告、年男の追加等、裏面はアタマの体操と旅の土産《みやげ》バナシ。晩酌やったが、７時すぎテレビ見てウツラウツラであった。良子からどうしているかと電話があった。平凡な一日に終わった。

皇太子殿下と雅子さまのご成婚

テレビ報道に釘づけでした

平成5年6月9日

境村のやあさくから電話があってアスパラ、ほう
れん草くれるという。ほうれん草は昨日朝市で買ったば
かりであるが アスパラは欲しい。日光土産のラッキョー漬
持参した。境村からはアスパラ、ほうれん草それにきゅうり
の漬物貰って帰った。皇太子成婚の日とあってどこの
テレビもこれを報道。私もテレビにくぎづけとなる
よかった
よかった
おめでとう
ばんざ〜い
ん？ なんだこれは？
あ、クギヅケか。我ながらよく描いたもんだナア。

皇太子殿下ご成婚の日とあって、どこのテレビもこれを報道。私もテレビに釘づけとなる。

阪神淡路大震災

大なまずが暴れてる

平成7年1月17日

大なまず　兵庫南で　大あばれ
筆頭は　やはり俺さと　大なまず　(地震、雷、火事、おやじ)
神戸沖　なんのうらみか　大なまず
1.17

大なまず　兵庫南で　大あばれ

筆頭は　やはり俺さと　大なまず（地震、雷、火事、おやじ）

神戸沖　なんのうらみか　大なまず

かあさんが見ている

怒られちゃうかな

平成8年7月24日

久しぶり（何ヶ月振りか）ヘルパーの
石沢さんが来てくれる。彼女はヘルパー勤
務中 赤ん坊を産み もう2才になるとか。
私は 恐山お詣りして ゴミソが店開
きしていたから 家内をおろして貰おうと思った
が時間がなくて中止した。おろして貰ったら家
内はなんというだろう。浮気してると せめるんじゃないか？と
云うたら 石沢さん「あれ あれ そんなのはいやいや
と口をへの字にして いますよ」とかあさん
の写真を指差す。
大和田さんから 見学会を開くつもりだが 私を
誘うつもりらしく 7日1日8日、15〜16日 都合よい日知らして
呉れいという。8日は上京 その他はよいと 返事出した
7.24

ヘルパーの石沢さんに、先日、恐山で家内の霊を呼んでもらおうとしたが、時間がなくてやめたことを話す。「もし呼んでもらったら、家内はなんと言っただろう。（スナック通いのことを）浮気してると責めたんじゃないか？」と言ったら、石沢さんは「いやいやと口をへの字にしていますよ」と、かあさんの写真を指差した。

渥美清さんが亡くなったよ

かあさんはあの世でも寅さん演じてるかな

平成8年8月7日

渥美清さんが4日に逝くなった
と テレビの速報が伝えた
今日は7日なので 普通なら その日
のうちに 報道されるのだが 家族
も知らないでいたのか
かあさん
渥美清さんが
なくなったよ
「男はつらいよ」寅さん
の役. この秋の上映で
48作目という長寿映
画の主演スターで国民
的人気がある
かあさんもファンで 婦人会の旅行に寅さん
を演ずるため わざわざ五所川原の映画館
に テーマ曲を録音に行ったほどの熱の
入れようであった. 独身とばかり思ってい
たが 翌日の新聞で 68才. 61
才の妻と 長男 長女 二人の父とわかった.
故人の遺志により 葬儀は家族だけで済まし 公表
を控えていたという. それで おくれて発表になったの
である.
8.7

渥美清さんが４日に亡くなったと、テレビの速報が（３日遅れで）伝えた。「男はつらいよ」寅さんの役、この秋48作目という長寿映画の主演スターで、国民的人気がある。かあさんもファンで、婦人会の旅行で寅さんを演ずるため、わざわざ五所川原の映画館にテーマ曲を録音に行ったほどの熱の入れようであった。

ついに役者デビュー!?

「シルバースター」オーディションに挑戦

平成8年8月30日・9月17日

さむらい探偵事件簿
目指せ シルバースター
大秦 さむらいツアー

「目指せシルバースター」といわれても、なんのことかわからない。スターに選ばれると、高橋英樹主演の時代劇「さむらい探偵事件簿」で役者デビューできるのだという。

カツラが大きくて脱げたんだナ。オレの頭が小さくての。

第１、第２関門通過。第３関門は、素手の白刃どり。桑野（信義）さんが刀を打ちおろすのを、ハッシと両手で受けとめる。刀で頭を「切られる」者もあり。私は両手でうまく受けたはよいが、カツラが２回ともぬげてしまった。

第6関門。桑野さんが「だるまさんがころんだ」と言ってふりむいたとき、ピタリと止まっていなければいけない。忍者戦法でなるべく早くすり寄って、桑野さんの背中にタッチすると合格。候補者のうち、1人だけ失格した。

最終関門は高橋英樹さんが相手。私「兄貴！ 大変だ」、高橋「まァ落ちついて話せ。さァ」、私「殺しですぜ。上州屋の手代辰五郎がドザエモンで発見されたんです」、高橋「なに！」。我ながらうまくいった。

このひとに決定しました
青森県

そしてなんと、シルバースターには私が選ばれたのである。私が選ばれるとは思ってもいなかった。

このシーンは全く記憶にない

9月17日、いよいよ7時。番組案内では「必笑!! 時代劇老人ツアー」とあった。高橋英樹さんと握手しているシーンは記憶がない。それにしても老人たちのトンチンカン振りが、テレビを面白くしているようだ。

スナックをはしご

勝手知ったる馴染みの店々

平成9年8月18日

太田昭司さん「スナック」など行ったことがないというので「よしきた」と
最初の店は「ニューハート」
いらっしゃい
ママおとなりさんをつれてきたよ
「ドングリ」にゆく ママの家は太田さんのとなり
ママ踊ってくれる…
「あい子」にも行く 「和子」をのぞいたが ママがいないというので「あい子」とした これでおしまい
8.18

太田さんは今、はげの会の会長さんだ。とっても真面目な人だハンで。

太田昭司さんが「スナックなど行ったことがない」というので「よしきた」と。最初の店は「ニューハート」。向かいの「来夢」のママは不在でマキさんが相手。「ドングリ」に行く。「あい子」にも行く。「和子」をのぞいたがママがいないというので「あい子」にした。これでおしまいにした。

絵日記のノルマ

去年も残すところ13ページ

平成10年1月3日

前年の日誌は 29日〜31日で 日常のできごとと政治マンガで10ページ 後続のため 紅白歌合戦スケッチ7ページ あと13ページ埋めるため 1年間の日記からピックアップして描く（これは9ページで あと4ページは政治と世相マンガ）
2月
ベトナム
6月
長江
7月
アメリカ
平成9年は
49冊.

大学ノートは１ページも残さず、最後まで描ききるンだ。

前年の絵日記は、日常のできごとと政治マンガで10ページ（29〜31日）、紅白歌合戦スケッチで７ページ。あと13ページを埋めるため、１年間の日記からピックアップして描く。２月はベトナム、６月は長江、7月はアメリカ（を旅行した）。（これは９ページで、残りの４ページは政治と世相マンガ。）

かあさんの警告!?

思い当たることといえば……

平成10年4月3日

何か大きな音がした。ストーブのナマガスの爆発かと思っていた。なんと、かあさんの写真が落ちたのであった。ガラスが見事に割れている。四方に飛び散るという状態ではなかったが……。額をとめる鋲《びょう》が（片方）ゆるんで落ちたのだ。何かの警告？　この頃飲みすぎてる……というわけか、スナック遊びもほどほどにの意か？

新調した衣装で初踊り

初対面の女たちに、十八番《おはこ》を披露する

平成10年11月30日

女たちが うろ覚えに「支那の夜」歌い 私がそれに
あわせて 踊ってみせた。新調の チャイナドレスを着ての
初踊りは 他町の女たちの 前で 公開するはめになった
というわけである。
終ったあと また一段と爆笑の話が続いた。彼女らの
代表者の名前は　勿論私の住
所氏名も書き 面会の機があれば…と決める。ひと眠りしよう
と先に休んだ金山さん　となりのさわぎに眠れなかっ
たという。
ア〜
忘られぬ
胡弓の音
シナの夜
夢の夜
11/30

（一泊忘年会の旅館にて。）新調したチャイナドレスを着ての初踊りは、他町の女たちの前で公開するはめになった。女たちがうろ覚えの「支那の夜」を歌い、私がそれにあわせて踊ってみせた。終わったあと、また一段と爆笑の話が続く。ひと眠りしようと先に休んだ金山さん、となりのさわぎに眠れなかったという。

若いヘルパーさん

あなたが生まれた日に描いた絵日記ですよ

平成11年5月11日

これがあなたが生まれた日の日記ですよ
5.11

ヘルパーの神テイ子さんが、この春新しく入った加賀谷さんを伴って訪ねて来た。神さんは昔、二階で弁当を食べた思い出がある。当時は大きな梅の木もあったはずだと話す。私は小屋に二人を案内し、加賀谷さんの生まれた年月日の日記を出してみせる。彼女、驚きと感激であった。

岩木山の雲

まるで私の髪の毛みたい

平成11年7月

これは 昨日の朝の 岩木山である 雲がこの
ように 頂上をかくしていた 私のバーコードの髪
が 風に吹き流されてる ようなものだ このような
雲は なかなか 見られない

これは、昨日の朝の岩木山である。雲がこのように頂上をかくしていた。私のバーコードの髪が、風に吹き流されているようなものだ。このような雲はなかなか見られない。

あの世でもチャイナドレス

かあさんはなんと言うだろうか

平成11年9月7日

かあさん ようやく 来たよ
これ着て 踊ったの…

「これを着て踊りたい」というジイさんがあらわれたから棺には入れず、ゆずるサ。

雨降り。散髪にゆく。お客は私ひとりだったがしばらくして山田健治さんが来た。私の「支那の夜」の踊りが話題になる。もしものハナシ、私が亡くなったときはお棺に支那の夜の衣装など一緒につめることになるだろう。かあさんと逢った時、かあさんはなんと言うだろう。まさか私がこんな踊りを踊ってるとは知る由もない。

はげます会、全国生中継

頭に吸盤くっつけて、はっけよいのこった！

平成12年10月15日

（はげます会恒例の吸盤綱引き大会を、NHKが全国生中継。）タレント、井手らっきょ氏と初代チャンピオン高嶋文男氏は６年振りの対決でした。

志村けんさんと芸人さん約20人と対決したこともあったナア。

はかなき幻想

せめて絵日記の中だけでも

平成12年10月31日

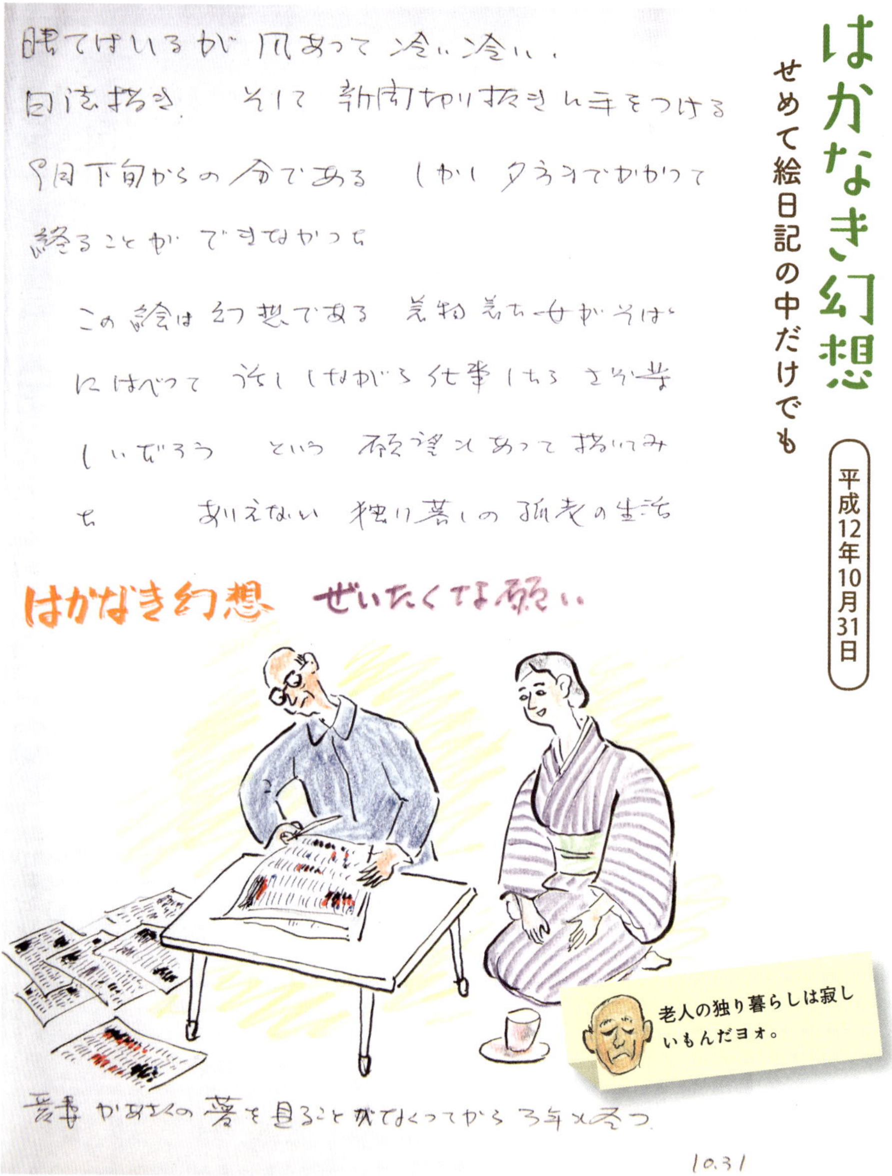
晴てはいるが風あって冷い冷い。
日誌描き　そして新聞切り抜きに手をつける
9月下旬からの分である　しかし夕方までかかって
終ることができなかった
この絵は幻想である　着物着た女がそば
にはべって話しながら仕事したらさぞ楽
しいだろう　という願望あって描いてみ
た　ありえない　独り暮しの孤老の生活
はかなき幻想　ぜいたくな願い
老人の独り暮らしは寂しいもんだヨォ。
愛妻かあさんの夢を見ることがなくってから3年も経つ
10.31

日誌描き、新聞切り抜きに手をつける。９月下旬からの分。しかし夕方までかかっても終えることができなかった。この絵は幻想である。着物着た女がそばにはべって話しながら仕事したらさぞ楽しいだろうという願望を描いてみた。ありえない、独り暮らしの孤老の生活。愛妻、かあさんの夢を見なくなってから３年も経つ。

第6章 かあさんに、また逢う日まで

平成13（2001）年8月〜24（2012）年2月／83〜93歳の頃

平成13（2001）年	アメリカ同時多発テロ事件／皇太子ご夫妻の長女・愛子内親王誕生
平成14（2002）年	サッカーワールドカップ日韓大会開催
平成15（2003）年	イラク戦争勃発／自衛隊イラク派遣開始
平成16（2004）年	新潟県中越地震／スマトラ沖地震
平成17（2005）年	愛知万博開催／JR福知山線脱線事故／耐震強度偽装事件
平成18（2006）年	ライブドアショック
平成18（2007）年	年金記録漏れ発覚／新潟県中越沖地震／郵政民営化
平成20（2008）年	中国製冷凍ギョーザ事件／秋葉原通り魔事件
平成21（2009）年	WBC日本優勝／新型インフルエンザ流行／裁判員制度開始
平成23（2011）年	東日本大震災／福島第一原子力発電所事故

かあさんが見てるはず

ずうっと描き続けてきたまんが絵日記が、56年目にして本になった。しかもそれが大反響ときたもンだ。自分でもたまげてるわけサ。全国から、それも見ず知らずの読者から感想の手紙がわんさと送られてくる。こんなうれしいことないべナァ。家内を早くに亡くしたけど、自分はいい人生を送ってると思う。なにしろ、歳とってからこうやって花が咲いたハンで。

家内が亡くなって10年くらいは夢を見ることもあったけど、その後は見なくなってしまったナァ。あの世から、わ（私）の老後の生き方を見て安心したんでねぇガ？

男の平均寿命はクリアしてしまったから、あとは儲けもんだと思って、この先も「喜び」や「事件」を命尽きるまで絵日記に描き続けていきたいと思ってる。

いつか
お前と並んで俺の写真
飾られる時が
来るんだ

台風一過で洗濯日和

澄みわたる空に洗濯物がはためく

平成13年8月23日

朝起きたら、台風は北海道に抜けていた。県内の被害もさほどでない。私の家のひまわりも、倒れたものはない。台風一過でお天気になる。溜めておいた洗たくをした。お日さまカンカン。農家もひと安心というところだ。しかし、台風を直撃された地方は相当の被害があったようだ。死者も出た。

立ちねぷた見参

平成10年に復活した五所川原名物

平成14年8月6日

このねぷたは７階建てのビルに匹敵する大きさなンだ。たいしたもんだヨォ！

五所川原の立佞武多《たちねぷた》を見にゆく。これまでお昼に展示されているのは見たしカメラにも収めたが、夜の運行は今夜が初めてである。７時の列車で行った。乗客はほとんど立佞武多見学者たち。高さ22mという巨大さには、圧倒されるものがあった。迫力満点である。大型佞武多は「白神」「軍配」「北の守護神」の三台運行。

健康長寿の秘訣

竹浪正造流、健康レシピを公開します

平成14年11月20日

これは今も自分で作って飲んでるベナ。

健康きんとんづくり。さつまいも、青汁、蜂蜜、黒ごま、豆の粉《きなこ》。なお、納豆ふりかけ用に青汁＋きな粉＋クロレラ＋黒ごま＋カルシュームコラーゲン＋生命の種子＋シトラミンC＋白砂糖、これににんにくの粉でも入れると完ペキな健康食品というものだ。クロレラとコラーゲンはミキサーにかけて粉にした。

東北新幹線、八戸駅開業

ようやく青森県までつながった

平成14年12月1日

この後、平成22年12月4日に新青森駅が開業したんだナァ。

待望、東北新幹線八戸始発１番列車６：55発。その実況放送をじっくり見る。カメラでも撮った。

50年目の断髪式

バーコード型ヘアスタイルと決別

平成15年11月12日

いつまでも バーコード型 でもあるまいと 断髪させられる
約10cm
断髪式
娘たちから「潔く切れ」と言われての。良子がハサミを入れてくれた。
白内障手術で 洗髪も出来ないし ポマードもつけられず 見苦しくなっている からである 約50年続けてきた バーコード型も本日をもって 終了となったわけ 11/21

断髪式。いつまでもバーコード型でもあるまいと、聖子《しょうこ》（長女・58歳）と良子《よしこ》（次女・55歳）に断髪させられる。白内障手術で洗髪も出来ないし、ポマードもつけられず見苦しくなっているからである。約50年続けてきたバーコード型も、本日をもって終了となったわけ。

センスのよい張り紙

どんな人が書いたのか気になる

平成19年7月23日

ユーモア表示
今朝は燃えるゴミ出し日。数フトンを梱包して出した家庭がある
名前書いてないので集収車がもって行かずとり残されていた
おひる近く
に入浴にゆき 帰り見たら
フトンに右記のような貼り紙が貼ってあった
大ていは「名前なしではもって行かないので
早く家へ帰りたいです
センスのよいことばだ、誰が書いたのだろう
名前を書いて出して下さい」が常識なんだが なかなかユーモアある
の貼り紙である 誰が書いたものか。フトン出したのはどこの家庭
なのか
7/23

今朝は燃えるゴミの日。数枚のフトンを梱包して出した家庭がある。名前が書いてないので収集車がもって行かずとり残されていた。おひるに見たらフトンに貼り紙がしてあった。大ていは「名前を書いて出してください」が常識なんだが、なかなかユーモアある貼り紙である。誰が書いたものか。フトン出したのはどこの家庭か。

東日本大震災、津波被害

八戸港周辺8メートルとは！

平成23年3月11日

太平洋沿岸
巨大地震
津波の高さ 最大 4.2メートル
↑
翌日の新聞で知る
(8メートルもある)

女川《おながわ》では43メートルを超える津波だっていうから、たまげたなァ……。

太平洋沿岸、巨大地震。津波の高さは最大4.2メートル←翌朝の新聞で知る（８メートルもある）。

鶴田町も停電

自力でストーブ着火

平成23年3月12日

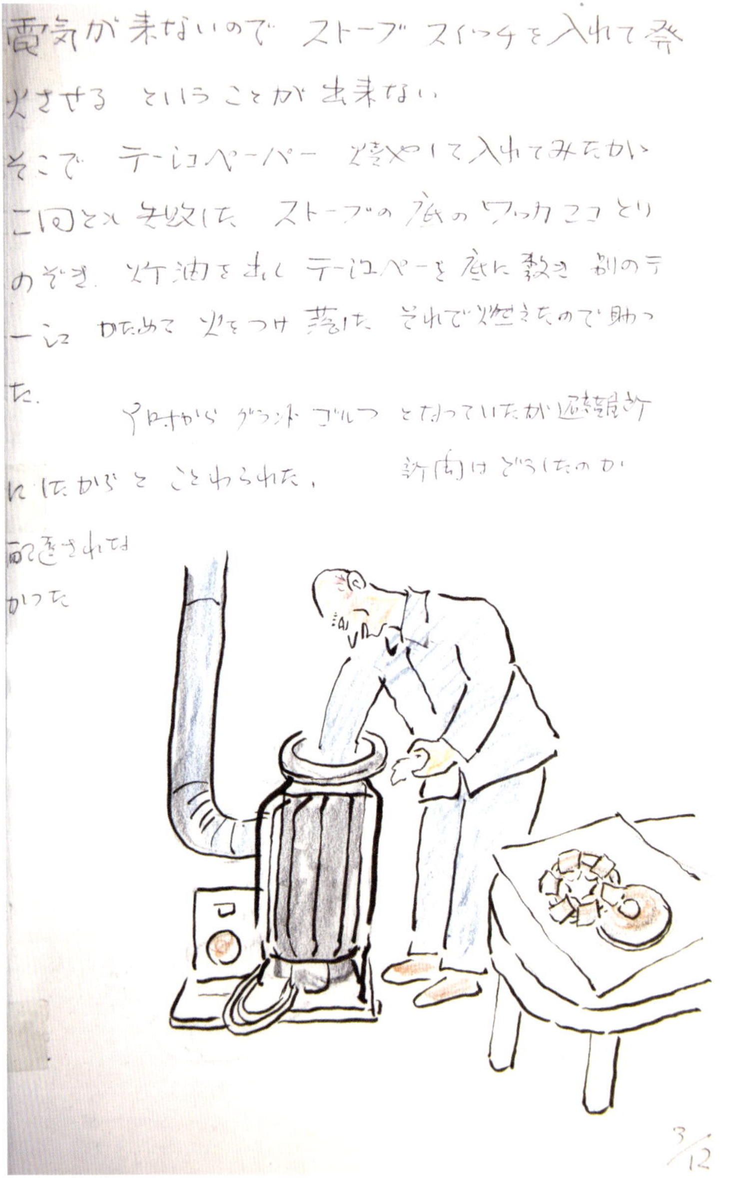
電気が来ないので ストーブ スイッチを入れて発
火させる ということが出来ない
そこで テーユペーパー 燃やして入れてみたが
二回とも失敗した ストーブの底のワッカここをとり
のぞき 灯油を出し テーユペーを底に敷き 別のテ
ーユ かためて 火をつけ落した それで燃えたので助っ
た。
9時から グラウンドゴルフ となっていたが
になったからと ことわられた。
3/12

（東日本大震災後、）電気が来ないのでストーブを発火させることができない。底のワッカをとりのぞき、灯油を出しティッシュを底に敷き、別のティッシュをかためて火をつけ、落とした。それで燃えたので助かった。９時からグラウンドゴルフとなっていたが、会場は避難所になったからとことわられた。

2300冊のまんが絵日記

「ナニコレ?」と注目される

平成23年4月24日

小屋での収録 終り (正午すぎていた) 家の中入り、記録した冊子や「春秋漫歩」を開いて対談する
今回ののは「珍百景」とは別に放送するのではないかと思われる。取材時間が長い。1時近く引きあげた。
私の日誌がかせいだようなものだ。今後このようなことはないと思う
日記描きは生き甲斐ですか
生き甲斐といえば生甲斐と言えるかもしれないが絵を描くのが好きだから続けているようなものです

テレビの賞金はいつも、はげの会の活動資金にしてるンだ。

（先日、はげます会を撮影した「ナニコレ珍百景」の取材班が、今度は私の絵日記を撮影するために再び訪れた。）記録した冊子（絵日記）や『春秋漫歩』（自費出版のまんが絵日記）を開いて対談する。１時近く引きあげた。（もし賞金がもらえれば）私の日誌がかせいだようなものだ。今後このようなことはないと思う。

なでしこジャパン金メダル

この年、久々の明るいニュースでした

平成23年7月18日

サッカー女子ワールドカップ
ドイツ大会
優勝トロフェー
世界へ
なでしこジャパン
強豪アメリカをくだし
優勝果たす

新聞記事の切り抜きをノートに貼って、その隣にこうやって描くンだ。

サッカー女子ワールドカップドイツ大会。なでしこジャパン、強豪アメリカをくだし、優勝果たす。

まさかのまんが絵日記出版

タイトルは『はげまして はげまされて』

平成23年9月30日

母さん 本ができて来たよ
朝日町の春枝から廣済堂出版の冊子が届けられたと電話があった
私のところへは明日あたり届けられるものと思っていた。
なんと午後一諸に届けられて来たと正顕さんが私のところへ一冊持参した。なにはともあれ夢中で読んだ 亡くなったときの母さんのこと私は度々夢を見たことなども書かれてあった。読み終えて仏壇に供へ、母さんに報告した
9/30

（先日の「ナニコレ珍百景」での放送がきっかけで、まんが絵日記が出版された。）午後、（出版社から本が）届いたと正顕さん（甥《おい》）が一冊持参した。なにはともあれ夢中で読んだ。亡くなったかあさんの夢を度々見たことも書かれてあった。読み終えて仏壇に供え、かあさんに報告した。

本の反響

チョビひげの山本晋也監督がやってきた！

平成23年10月17日

テレビ朝日の取材を受ける 約束は午後1時からであったが 2時すぎ一行がやって来た。これは おひる番組「スクランブル」で なんと チョビひげの山本晋也監督さんが 直々私を取材する。テレビ大小2台 スタッフ9人だという。私と家内との関係 特に山本さんが興味をひいたのは 私が夢で家内と会う。二人とも白衣。SEXどうだ というたら ここは病院だから とことわられたページ。
今日の取材のこと描いてほしいというので 画用紙に書いて渡した 一行は3時頃引きあげたが 芳賀さんがひとりのこり。正昭さんが 完璧まで 送ってあげた

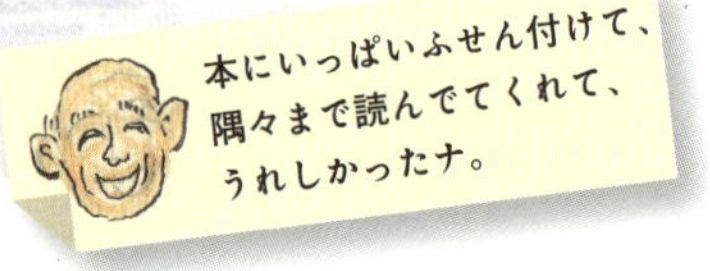

本にいっぱいふせん付けて、
隅々まで読んでてくれて、
うれしかったナ。

取材を受ける。これはおひる番組「ワイドスクランブル」で、なんとチョビひげの山本晋也監督さんが直々に私を取材する。テレビ（カメラ）大小２台、スタッフ９人だという。特に山本さんの興味をひいたのは、私が夢で家内と会い、「SEXどうだ」といったら「ここは病院だから」とことわられたページだった。

「年間MV珍」を受賞

あの世の家内も喜んでくれると思います

平成23年11月19日

あなたは今年の最優秀賞に選ばれましたのでこれを贈ります
彼のアタマは禿げているが
それでも 前の方に髪の毛が残っている

番組に登場したオレの絵日記の反響が大きいって聞いて、たまげたナァ。

テレビ朝日の取材班が来ていた。まずわが家で、「ナニコレ珍百景」優勝（年間MV珍）の盾を贈られるシーンが収録された。俳優の酒井（敏也）さん、時々番組に出たというが私は初対面である。彼のアタマも禿げているが、それでも前の方に髪の毛が残っている。（この後、彼ははげます会の吸盤綱引きに挑戦した。）

読者からファンレター

やっぱり"あのページ"が好評!?

平成24年1月10日

左掲　奈良県からファンレター
である　私の本を手にして　すごく感動と暖かい気持
ちにさされ　いっぺんに　ノックアウトされました　云々
ここは病院だから
どうかな？
せっかく夢で会えたのに
二十数年振りに会ったのだから
白いマット
平成22年8月29日
手紙の最後に　私の家内は183ページが
もっとも好きだようだ　と書いてありました
上図のイラストで　SEXを求めたが実
現できなかった…という私の夢を描
いたものです
私はそのことについて　返信を書き
2年間介護して　その機会がなか
ったこと、家内が亡くなる数日前
私に「だかれてやりたい」と言ったことも書き
1/10

ファンレターが届く。いっぺんにノックアウトされました云々。「私のつれあいは183ページがもっとも好きなようだ」とも。SEXを求めたが実現できなかったという私の夢を描いたもの。私は返信を書き、２年間介護してその機会がなかったこと、家内が亡くなる数日前、私に「だかれてやりたい」と言ったことも書いた。

＊絵日記に「私の家内」とあるのは筆者の勘違いで、手紙には「私のつれあい」とあり、差出人は女性。

北国の冬

玄関の扉が凍って開かない

平成24年2月2日

玄関の扉が あかない 夜でも鍵してないので
あかない ことはなかった。今まではガタガタゆ
すると大ていは あいたものだ。
のみがないので ドライバーと金槌でこじあけよう
としたが 駄目。最後の手段として 熱湯をか
けたら あいた。 除雪もちゃんとしてあった

朝ごはん食べようとしていたら 共一さんが入って来て
「父さん見て見て」とうながす

2/2

玄関の扉があかない。今までは、ガタガタゆすると大ていはあいたものだ。ノミがないので、ドライバーと金槌でこじあけようとしたが駄目。最後の手段として熱湯をかけたらあいた。除雪もちゃんとしてあった。朝ごはん食べようとしていたら（お向かいの）共一《ともいち》さんが入って来て、「父さん見て見て」とうながす。

おはよう岩木山

もうすぐ春がやって来る

平成24年2月2日

小屋の東 除雪に行ったら なんと岩木山が久しぶり
姿を見せていたのであった、駐車場の灯光機の電柱
が邪魔になるので 私は二階に上り 窓を開けてカメラ
に おさめた
2/2

なんと、岩木山が久しぶりに姿を見せていたのであった。(ここから写真を撮ると)駐車場の投光器の電柱が邪魔になるので、私は二階に上り、窓を開けてカメラにおさめた。

おわりに

～正造じいちゃん（94歳）と
まっちゃん（近所に住む甥、正顕《まさあき》・64歳）の会話より～

正造じいちゃん（以下、じいちゃん） こうして絵日記を読み返してみると……、ほとんど覚えてねぇナ。

まっちゃん 描いておいてよかったねぇ。しかも第2弾まで出版できて。

じいちゃん 自分でもたまげてるわけサ。こんなおじいちゃんでも花を咲かせることができたって自負してるヨ。なんぼヨチヨチ歩きだろうが、なんぼあきれられようがナァ。

まっちゃん 町内じゃあ「こんな絵日記まで載せるンかい?!」って、ヒンシュクもんだったからナァ。もう、恥ずかしいったら！

じいちゃん 「病院で、どうか?」のページだべ？［前作183ページ、本作186ページ］。なンもなンもめぐせ(恥ずかしい)ことなんてねぇ。夫婦なんだから当たり前のことダベサ！

どうか？
ここは病院だから…
白いマット

まっちゃん　ハイハイ、恐れ入りました。あのページはファンが多いみたいだしね。

じいちゃん　家内には頭が上がらねぇ。私にとっては、そぉーこぉー（糟糠）の妻ダ。

まっちゃん　そういや入院中に養命酒を持っていったこと、なかった？

じいちゃん　あったナ！　身体によいと思ったらアルコール入ってるンだナ。いやいや、かあさん病院で酔っ払ってまって。ご迷惑したナァ。アッハッハ！

まっちゃん　あれは予防のクスリだから！　それにしても長いこと、よく描いてきたよね。大学ノートに2313冊。それと、「引揚の記録」が1冊。

じいちゃん　1年につき40〜50冊だべ?!　1年描き終えると、また1月1日がやってくる。だんだん大儀《たいぎ》（めんどう）になってくるベナァ。1日2時間はかかるもンだしの。

まっちゃん　でも週に3回はグラウンドゴルフもあるし、川柳の会もあるし、ハ

ゲの会もあるから、ネタには困らないんじゃない？

じいちゃん　困らねぇナ。でも、足を悪くしてからは「支那の夜」［165ページ］が踊れなくなってしまってナァ。

まっちゃん　チャイナドレス着て、お面つけて、ストッキングはいて……。これがまた色っぽいんだ。正造さんだって分かってるのに、ついドキッとしちゃうんだよね。

じいちゃん　誰かにドレスのすそ、たくられたこともあるヨ。

まっちゃん　もう踊れないのはザンネンだね。

じいちゃん　でも絵日記は、生涯をかけてやり続けてみせる！　人様に読んでもらおうなんて考えもせずに描いた絵日記を、こうしてみなさんに読んでいただけるのは、本当に光栄の至りだベナァ。

竹浪 正造（たけなみ・まさぞう）
大正7（1918）年6月4日、青森県北津軽郡鶴田町に生まれる。昭和11（1936）年、旧県立木造中学校卒業。翌年、南満州鉄道（満鉄）入社。満州で軍に召集され、朝鮮半島にて鉄道工事に従事する。昭和20（1945）年9月、朝鮮半島より復員。昭和21（1946）年より東北電力、昭和50（1975）年より東北電広社に勤務し、昭和62（1987）年退職。また、鶴田町議会議員（4期、16年10ヵ月間）、鶴田町内会長（16年間）など数々の公職を歴任。勲六等瑞宝章、鶴田町文化奨励賞、瑞宝双光章など、表彰多数。平成元（1989）年、ツル多はげます会を創設。平成23（2011）年、『はげまして　はげまされて』（小社刊）を出版。昭和30（1955）年より描きはじめた絵日記を現在も継続中。

企画協力：テレビ朝日「ナニコレ珍百景」／制作協力：山田由佳・光井美佐子・光井淑子／装丁・レイアウト：長谷川理（フォンタージュギルドデザイン）／カバー写真：酒井一由／地図制作：シェーマ企画／DTP制作：三協美術／構成：はたいゆみ／企画・編集：戸田雄己・白井秀明・中田絵理香・川崎優子（廣済堂出版）

一生一途に
94歳正造じいちゃんの戦争体験記と57年間のまんが絵日記

2012年 8月15日　第1版第1刷

著者　竹浪 正造
発行者　清田 順稔
発行所　株式会社 廣済堂出版
〒104-0061　東京都中央区銀座3-7-6
電話　03-6703-0964（編集）
03-6703-0962（販売）
FAX　03-6703-0963（販売）
HP　http://www.kosaido-pub.co.jp
振替　00180-0-164137
印刷・製本所　株式会社 廣済堂
ISBN 978-4-331-51654-6 C0095
©2012 Masazo Takenami, Kosaido Shuppan, tv asahi　Printed in Japan
定価は、カバーに表示してあります。
落丁・乱丁本は、お取り替えいたします。

post card

キリトリ線

キリトリ線